Conserver la couverte

[PE]TITE CAUSERIE
D'UN NORMAND

sur

LA CULTURE DU POMMIER

et

LA FABRICATION DU CIDRE

par

G. SAINT-PAUL D'ARLOI

ANCIEN MAIRE

Directeur du Syndicat agricole de Brûlon,
Membre de la Société des Agriculteurs de France,
Ancien élève diplômé de l'Institut agricole de Beauvais.

Prix : 60 cent. — Par Poste : 75 cent.

EN VENTE A BRULON

Au siège du Syndicat des Agriculteurs du Canton de Brûlon

LE MANS

TYPOGRAPHIE EDMOND MONNOYER

12, Place des Jacobins, 12.

1890

1316

LA CULTURE DU POMMIER

ET

LA FABRICATION DU CIDRE

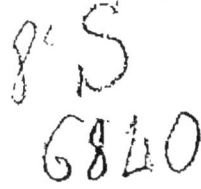

a

TYPOGRAPHIE

EDMOND MONNOYER

AU MANS (Sarthe)

PETITE CAUSERIE

D'UN NORMAND

SUR

LA CULTURE DU POMMIER

ET

LA FABRICATION DU CIDRE

PAR

G. SAINT-PAUL D'ARLOI

ANCIEN MAIRE

Directeur du Syndicat agricole de Brûlon,
Membre de la Société des Agriculteurs de France,
Ancien élève diplômé de l'Institut agricole de Beauvais.

Prix : 60 cent. — Par Poste : 75 cent.

EN VENTE A BRULON :

Au siège du Syndicat des Agriculteurs du Canton de Brûlon

LE MANS

TYPOGRAPHIE EDMOND MONNOYER

12, Place des Jacobins, 12.

1890

NOTE DE L'AUTEUR

Ne croyez pas, ami lecteur, qu'en publiant la *Petite causerie d'un Normand*, je veuille me poser en critique ou en pédagogue, loin de là ; je laisse l'enseignement à des voix plus autorisées, quant à la polémique, j'ai toujours reconnu, que moins l'on a recours à cette arme de l'écrivain, mieux l'on s'en trouve. L'unité dans les idées n'est pas malheureusement l'apanage des habitants de notre boule ronde et l'incohérence de la tour de Babel, de biblique mémoire, laisse chaque jour, dans nos relations sociales, de pénibles souvenirs.

Chacun a en effet son opinion sur tel ou tel sujet, on s'acharne à la soutenir, et l'on discuterait jusqu'au jugement dernier que certainement l'entente générale, à cet hôtel terminus de la vie humaine, ne serait pas encore un fait accompli. Aussi, loin de rechercher un aussi charmant résultat, je me contente de dire simplement ceci :

La petite brochure que j'ai l'honneur de vous présenter est une simple conversation pratique faite par un homme qui pendant vingt années a cultivé ce bel arbre que l'on appelle un pommier et fabriqué cette boisson saine et délicieuse, tant chantée de nos jours : le cidre.

La manière enjouée dont est présenté ce travail d'un praticien surprendra peut-être quelques aimables lecteurs ; en voici l'explication toute naturelle : c'est que j'ai toujours remarqué, et, cela par moi-même, que, présentées gaiement, les matières, même les plus ardues, prennent un tout autre aspect, leur lecture n'occasionne alors aucune fatigue et l'on soutient ainsi une bienveillante attention.

Puisse cet hommage rendu par un enfant de la verte Normandie à une de nos plus belles productions françaises être agréable à tous et profitable aux agriculteurs. C'est, je l'avoue, le but que je me suis proposé et je serais charmé de l'avoir atteint.

LE POMMIER

Origine

Tout auteur qui se respecte, lorsqu'il entreprend un sujet, commence avant tout à vanter son antiquité ; je ne puis me singulariser au point de ne pas me conformer à la règle générale et m'acquitte volontiers de ce premier devoir.

Une vieille légende normande, qu'il ne faut pas confondre avec la Genèse, un des Livres Sacrés, plaçait le Paradis terrestre dans le val de Saire, endroit charmant de nos côtes normandes dont Barfleur est la capitale et Gatteville le centre lumineux. Bien entendu qu'à cette époque tout à fait primitive, les savantes constructions modernes faisaient totalement défaut et que les phares majestueux, comme celui du raz de la Hougue, étaient absolument inconnus.

Un arbre, de tout temps aimé, existait déjà dans ce jardin de délices d'antique mémoire, car la Bible

nous enseigne que ce fut la pomme qui servit d'instrument à l'Esprit impur pour entraîner la chute de
nos premiers parents.

Or, voici ce que rapporte cette vieille légende, plusieurs fois racontée ; je l'ai même trouvée reproduite,
il y a quelques mois, dans un journal agricole ; mais,
comme elle était incomplète, je la donne ici dans son
intégrité, francisant un peu le patois peu compréhensible et gazant légèrement certaines expressions
un peu trop naturalistes.

« Kenailles (enfants), dit le vieillard au retour de
« la messe, vous avez bi retint ce que vient de vous
« sermonner monsieur notre curiau, à savoir que
« c'est une pomme qui a perdu le vieil Adam et bi
« voilà comme la chose a eu lieu.

« Le bon Dieu, il avait dit à Adam et à Ève, sa
« femme : voilà un biau pommier (plus biau en-
« core que le gros de notre closet), il est à mé, vous
« ne toucherez pas à ses fruits. — Bi sûr que non,
« qu'ils dirent tertous, nous irons en trachi (cher-
« cher) à d'autres.

« Mais la mère Ève n'en dormait plus ; c'était le
« plus bel arbre du gardin et elle se demandait
« pourquoi la défense lui avait été faite. C'est pas
« juste, qu'elle disait, puisque le gardin nous est
« donné, de nous priver de ces belles pommes, et à
« tout instant, elle les reluquait et en séchait d'en-
« vie.

« Il y en avait tant et tant qu'elle se dit à la fin :
« après tout, si j'en mangussions une, qui l'saurait.
« Du désir à l'action, la chose fut vite faite ; et le
« fruit défendu, qu'elle croquait à pleine goule (bou-
« che), n'eut pus pour elle de mystères.

« Cependant, ne voulant pas assumer à elle
« seule la responsabilité encourue, elle en cueillit
« une autre et la porta à Adam.

« — Qu'est-ce que c'est que cette pomme ? qu'il
« lui fit. — Manju-la, et tais-té.

« Adam croqua un miot (morceau) de la pomme,
« mais il eut aussitôt comme un pressentiment, il
« comprit l'acte commis et il eut alors si grand
« pous (peur) que le miot ne put passer et resta
« dans son avalous (gosier).

« Jamais y n'pu descendre, et il l'a transmis dans
« tous les avalous de ses descendants mâles qui
« sont tous ornés de la *pomme d'Adam.*

« Les femmes, mes Kenailles, n'en ont pas, par-
« ce que leur mère Ève avait manju toute la pomme.

« Voilà la légende dont monsieur notre curiau
« vous sermonnait tout à l'heure, mais ne croyez
« pas que le pommier fut maudit, non, car il a été
« ensuite bi sanctifié. Adam mort, le miot de la
« pomme qu'il avait dans son avalous fructifia, un
« biau pommier en sortit et c'est sur son bois que
« fut rachetée la faute d'Ève.

« Donc, Kenailles, un bon coup de bère (cidre) et

« du gros, et maintenant : Vive les pommes et amour
« au bon Dieu. »

En insérant, en tête de ce petit ouvrage, la légende
qui précède, je n'ai pas l'intention de vous présenter, croyez-le bien, cher lecteur, un article de foi ;
d'autant plus que l'Écriture nous enseigne que c'est
sur le chêne que le monde fut racheté ; mais la
légende normande, qui fait sortir de la bouche
d'Adam l'arbre de vie sous la forme d'un pommier,
m'avait toujours frappé depuis que gamin je l'avais
entendue pour la première fois. Ce délicieux souvenir
de mon enfance servait d'ailleurs merveilleusement
à l'exposé de ma thèse sur l'antiquité du pommier
qui est ici formelle, puisque c'est en réalité son fruit
qui fut cause, aux premiers jours du monde, de la
malédiction dont fut frappée l'espèce humaine.

Considérations générales

Il est un arbre pour lequel tout Normand a un
culte ; arbre qui mort lui sert de chauffage et dont
les fruits pendant sa vie lui donnent sa boisson, j'ai
nommé le pommier.

Par les temps malheureux que nous traversons,
chacun comprendra l'importance de cette culture,
car la vente du cidre prend chaque jour plus d'importance et celle des pommes, depuis douze ans
surtout, grâce aux chemins de fer, augmente d'année

en année ; de là, une source considérable de bénéfices pour le cultivateur, car le pommier, une fois
planté, réclame peu de soins, rapporte à peu près
tous les deux ans et n'est qu'un supplément pour la
terre qu'il occupe. Là réside son immense avantage
sur la vigne, en ce sens que, lui mort, l'herbage
rapporte toujours, tandis qu'un vignoble est-il détruit,
comme cela arrive malheureusement trop souvent,
par le phylloxéra, le fermier se trouve avec une
mauvaise terre de plus à faire valoir.

Examinons donc la culture de cet arbre si précieux,
les soins à lui donner et ses produits.

Choix du terrain

Tout cultivateur qui veut créer un plant de pommiers doit avant tout prendre en considération le
terroir auquel il veut confier ses arbres. Je sais que
beaucoup ne le font pas et qu'ils se disent ceci :
Qu'importe que mon cru soit mauvais, du moment
que j'obtiendrai des pommes ; je vendrai ma récolte
et je rachèterai des fruits pour la consommation de
ma maison ; plusieurs agriculteurs de ma connnais-
sance agissent ainsi. Faut-il les blâmer ? mon Dieu
non, ils font une opération commerciale et voilà
tout, mais il faut que chacun sache que, de même il
y a vins et vins, de même il y a cidres et cidres ; et,
de cantons à cantons, de communes à communes,

même de vergers à vergers, la qualité diffère et tel cru, dont le cidre fait la joie des véritables gourmets, est parfois voisin d'un autre produisant une piquette dont la saveur aigrelette fait sauter au plafond les palais les moins délicats. La question de terroir est donc importante ; moins, je l'admets, au point de vue commercial, quand il s'agit de l'exportation des pommes, mais énorme au point de vue de la consommation personnelle.

Dans les pays montagneux, vous devez rechercher de préférence les terrains situés au midi, je ne veux pas dire, remarquez bien, que les arbres plantés au nord ne viendraient pas, nullement, mais la qualité de cidre pourrait être inférieure.

Plantez le moins possible dans les bas-fonds, surtout dans les terrains sujets à être submergés à l'époque des pluies, car le pommier craint la trop grande humidité. D'ailleurs, il pourrait fort bien arriver un excès de bourgeons à bois et très peu de boutons à fruits.

Labours plantés

Je ne suis pas partisan des labours plantés et n'ai jamais voulu en créer pour mon compte personnel. La charrue, en creusant les sillons, rompt fatalement les radicelles du pommier près desquels elle passe, de là une cause d'affaiblissement ; de plus, le grain qui se trouve abrité par le feuillage est loin d'être nourri comme celui qui reçoit toute la chaleur solaire. La prairie présente moins d'inconvénient, l'herbe qui est ombragée n'a pas évidemment la qualité de l'autre, elle est plus molle, mais elle fait cependant d'excellent foin et les bestiaux la mangent avec plaisir.

Malgré l'antipathie que j'ai toujours eue pour les labours plantés, il ne faut pas que le lecteur considère cette opinion personnelle comme devant être une règle de prohibition absolue ; la prairie permanente ne réussit pas partout, et on ne peut évidemment pas se priver de pommiers pour cela. Si vous décidez de les placer dans l'intérieur même de la pièce, vous devez les planter à de très grandes distances, au moins 20 mètres d'intervalle, afin de laisser le plus possible d'air et de soleil à la récolte que vous ensemencez ; le mieux serait d'ailleurs de laisser le champ libre et de planter vos arbres tout autour à 10 mètres les uns des autres. Que vous adoptiez la première ou la seconde méthode, je dois vous présenter les observations suivantes : Il ne faut pas qu'en labourant vous laissiez subsister un trou au pied du pommier, pas plus que vous ne devez y amonceler la terre en trop grande quantité ; car si l'eau, dans le premier cas, pourrit les racines, la terre, dans le second, les étouffe et amène la mort du sujet.

1*

Puisque je suis occupé à faire des remarques, il faut encore que je vous présente la suivante à l'occasion d'une sorte de plantation, malheureusement trop commune dans certaines campagnes.

J'ai vu, maintes et maintes fois, de pauvres pommiers, endurcis avant l'âge, vieux avant d'avoir jamais rien produit d'utile, vrais gommeux malgré eux de l'ordre végétal, qui trônent magnifiquement sur le sommet d'une haie où ils sont agréablement entourés d'épines, de ronces, de grands bois, le tout formant un magnifique fouillis de l'aspect le plus lamentable.

Ah ça, par exemple, est-ce que les cultivateurs qui mettent ainsi majestueusement leurs pommiers sur ce triste pavois que l'on nomme une haie s'imaginent, de bonne foi, qu'ils font leur bonheur? Mais, Ventre-Saint-Gris, comme disait le père de la « Poule au pot », le bon roi Henri, de glorieuse mémoire, comment voulez-vous qu'ils prospèrent quand ils n'ont point de terre pour faire végéter les racines et que leurs têtes sont heurtées à tout instant par les branches voisines? S'ils rapportent des fruits, c'est vraiment un miracle; mais aussi si, pour les récolter, vous vous égratignez les mains dans les ronces, c'est joliment bien fait.

A tous ces cultivateurs, je dirai hautement, outré de leur procédé : vous n'y entendez rien. Sachez que le pommier qui est un arbre vigoureux, je l'admets, n'est pas une essence que l'on plante dans les forêts; ayez pour ce bel arbre un peu plus d'égards et si c'est dans une haie que, malgré tout, vous voulez le placer, ayez soin au moins de lui donner une bonne situation et ne laissez pas les branches voisines s'égarer dans sa tête, autrement vous êtes à peu près assurés de ne rien obtenir et vous n'aurez qu'à accuser votre négligence de ce résultat négatif.

Espacement des pommiers

Une bonne moyenne est de mettre 100 pommiers à l'hectare, ce qui les espace de 10 mètres ; moins de distance est trop rapproché, plus est inutile ; je parle de la création d'un plant sur herbage. Ils doivent être mis en quinconce. Une vieille méthode opérait ce que l'on appelait à *fonds perdu*, c'est-à-dire plantait à 4, 5 mètres, quelquefois moins. Ceci est détestable, l'herbe qui pousse dessus est rachitique et n'a aucune qualité ; de plus, les arbres, se touchant de la tête, engendrent, par le frottement, une quantité considérable de bois mort, et la récolte des pommes, sans être plus considérable, est de moins bonne qualité. Car il faut bien se rappeler cette vérité incontestable, à savoir : Si vous voulez un bon pommage, faites que le soleil, comme l'on dit vulgairement, fasse le tour de vos pommiers. Car l'astre radieux qui préside à nos journées terrestres, est le grand moteur de toute végétation ; sous ses rayons véritablement fécondants, l'être créé se sent vivre, la plante respire largement par ses pores, et le fruit, couronnement de son œuvre de production, se colore et mûrit. Ceci est peut-être un peu poétique, mais c'est essentiellement vrai. Toutes pommes soumises à sa riche action, seront bonnes et succulentes ; celles qui en seront privées, c'est-à-dire celles de l'intérieur de l'arbre, seront fatalement vertes.

Conséquence logique : Espacez largement vos pommiers, comme il est indiqué plus haut, afin que vos arbres présentent à l'action vivifiante du soleil la plus large surface possible.

Pépinières

Je conseillerai aux cultivateurs d'imiter ce que nous faisons en Normandie : qu'ils aient chez eux, dans un coin de leur jardin, le plus abrité possible, une pépinière de jeunes pommiers afin d'en avoir de rechange pour ceux qui meurent. A cet effet, si vous ne voulez pas semer vous-même le pépin, ce qui se fait rarement, achetez quelques centaines de *surin,* autrement dit de jeunes jets de pommiers. Le paquet vaut généralement 5 francs le cent, espacez-les en les plantant de 0ᵐ 50 à 0ᵐ 60. Une fois confiée à la terre, il ne faut pas négliger votre jeune pépinière, mais au contraire lui donner tous vos soins, ce qui malheureusement n'arrive pas assez souvent. Vous devez bêcher, arracher toute mauvaise herbe et fumer votre plant ; pincer les branches de façon à toujours faire monter sans ramifications vos jeunes sauvageons jusqu'à 2 mètres de hauteur. Au bout de cinq à six ans, lorsqu'ils ont été bien soignés et bien dirigés, ils sont arrivés de grosseur convenable pour prendre rang dans les vergers.

Choix des sujets

Ecoutez bien ici le principe essentiel de toute bonne plantation qui vous dit : Ne lésinez jamais sur la qualité des jeunes sujets que vous confiez à la terre. Si vous n'en possédez pas de convenables dans votre exploitation, procurez-vous-en chez les pépiniéristes de la contrée, de préférence à toute autre, car les pommiers qu'ils vous livreront seront déjà acclimatés à la région. De plus, n'hésitez pas à y mettre le prix ; la bonne marchandise n'est jamais chère, la médiocre l'est toujours trop ; il vaut mieux planter moitié moins et le faire en bons sujets que de vouloir s'entêter à mettre en terre une grande quantité de manches à balais qui voudront à peine reprendre et ne donneront jamais de bénéfices.

« C'est une chose pitoyable que de voir souvent des agriculteurs intelligents créer, sous prétexte d'économie, ce qu'ils appellent pompeusement

des plants de pommiers, avec des petites gau-
lettes, vieilles et racornies, qui n'ont jamais
pu rien faire et ne produiront jamais rien.

Plantez-moi donc des sujets vigoureux, droits,
tendres, de 5 à 6 ans ; s'ils valent 3 fr., 4 fr., même
plus, donnez-les sans regret ; vous êtes certain de
réussir, et ne vous repentirez jamais du sacrifice
que vous vous serez imposé.

L'arbre est comme l'enfant : s'il est bon et vigoureux dans son jeune âge, il deviendra plus tard un
superbe sujet ; s'il est grêle et rachitique, il ne fera
que végéter et ne sera bon, au bout de quelques
années, qu'à servir au chauffage.

Mais il ne suffit pas de bien choisir les sujets, il
faut encore, et cela est un grand point, savoir les
bien planter.

Plantation

Voici comment nous opérons : vos distances étant
prises, comme il est dit ci-dessus, de 10 mètres, aux
endroits où doivent se trouver les pommiers vous
enfoncez en terre un petit bâton. Cela fait, au moyen
d'une petite corde de 0^m 60 de longueur que vous
attachez par une extrémité au petit bâton qui représente le centre de la fosse que vous allez creuser,
vous décrivez, avec l'autre extrémité de la ficelle, un
cercle de 0^m 60 de rayon ; votre fosse aura donc

1^m 20 d'ouverture. Lorsque vous la creusez, vous aurez soin de ne pas mélanger la terre arable, autrement dit celle du dessus, avec celle du sous-sol ; vous devez les mettre chacune de leur côté. Vous donnerez à votre fosse une apparence un peu ʳconique, c'est-à-dire qu'elle devra être un peu plus large dans le fond que dans le haut. Vous allez ainsi jusqu'à 0^m 50 environ, mais il faut observer que le milieu de la plate-forme du fond doit être de 20 centimètres plus élevé que le fond lui-même, et c'est sur ce petit monticule de terre dure que vous laissez au milieu de votre fosse que vous placerez votre jeune pommier. Voici pourquoi l'on agit ainsi : c'est que l'eau qui s'infiltre facilement dans une terre nouvellement remuée ne doit jamais séjourner au pied de l'arbre que vous plantez ; or, le milieu étant plus élevé et le fond de votre fosse plus large que l'orifice, l'eau, par cette disposition, est obligée de s'écouler sur les côtés et ne reste ainsi jamais au pied du sujet.

Avant de procéder à la plantation, rafraîchissez les racines, autrement dit enlevez avec une serpette toutes celles qui ont été endommagées par le frottement. Vous ne devez en aucun cas, et ceci est essentiel, enterrer profondément votre pommier. Donner ici des chiffres est impossible, cela dépend de la nature des sauvageons ; les uns ont les racines pivotantes, il faut alors plus de profondeur, chez les autres

elles sont traçantes, il en faut moins ; c'est au cultivateur à voir par lui-même quelle doit être la quantité de terre arable qu'il doit laisser en dôme dans
le milieu de sa fosse ; mais à part cette distinction,
il faut toujours qu'il se souvienne que le pommier qu'il
confie à la terre n'est pas un pieu qu'il enfonce dans
le sol ; que ce pommier, dis-je, se nourrit par ses
radicelles et que, s'il les enfouit trop profondément,
l'arbre ne fera que végéter.

Cette observation une fois présentée, revenons-en
à notre plantation. Vous avez, comme nous l'avons
dit, réduit en une sorte de terreau les mottes de
gazon ou la terre arable du dessus ; vous placez
alors sur le dôme du milieu votre sujet qu'un homme
tient bien droit ; puis, vous jetez votre terreau sur
les racines, ayant soin de ne jamais secouer votre
pommier ; et, au moyen d'un petit bâton, vous le
faites glisser entre celles-ci. Quand les racines sont
légèrement recouvertes, vous mettez dans le rond de
votre fosse la valeur de deux fagots d'ajoncs, plante
très épineuse, dont la mission est de protéger le pied
de l'arbre de l'atteinte des mulots. Vous continuez
ensuite à remplir avec la terre du sous-sol, finissant
la plantation comme vous l'avez commencée, c'est-
à-dire en dôme, car jamais, encore une fois, l'eau
ne doit séjourner au pied du sujet.

Une bonne pratique, que j'ai toujours employée,
consiste à mettre entre les deux terres un peu de marc

de pomme, celui-ci conserve la fraîcheur aux racines et l'arbre ne s'en trouve que mieux.

Votre plantation terminée, vous semez, si c'est dans un herbage que vous avez opéré, sur l'emplacement de la fosse, de la graine d'herbe et tout est fini ; j'entends pour la mise en terre, car une opération importante s'impose alors pour donner au pommier la valeur que l'on attend de lui ; nous allons nous en occuper en causant ensemble du greffage.

Greffage

Ici deux méthodes, car je ne veux jamais de ceux qui le sont d'avance et, à ce propos, je ne saurais trop recommander aux agriculteurs de ne pas se laisser influencer par les considérations avantageuses que peuvent leur présenter certains marchands, à savoir : qu'aussitôt plantés, vos pommiers rapporteront de beaux et bons fruits, que vous gagnez ainsi un temps précieux, etc, etc., croyez cela et buvez de la piquette ! Laissez-moi, je vous prie, tous ces boniments-là de côté ; un vrai cultivateur plante ses sauvageons et greffe lui-même les espèces qu'il désire. Voilà la vérité ; hors de là, il n'y a que...... des déceptions.

Deux méthodes sont en présence.

La première consiste à greffer le pommier en mars, quelque temps après sa plantation ; la seconde, à attendre deux années pour le laisser reprendre, car jamais vous ne devez greffer votre sujet l'année suivante de sa plantation, ce laps de temps de deux années est indispensable pour la reprise des racines.

Je l'ai dit en commençant ce travail, je ne veux engager aucune polémique, mais j'avoue cependant que je ne suis nullement partisan de cette dernière méthode et en cela je suis de l'avis de bien des cultivateurs.

Si l'arbre que vous plantez est vigoureux, il a fort bien la force de supporter les deux opérations et vous aurez l'avantage fort appréciable de gagner deux années.

Je sais bien que cette question est l'objet de nombreuses controverses; pour moi, mon opinion est complètement arrêtée, je l'ai essayée des centaines de fois pour mon compte personnel et jamais je n'ai vu un sujet en souffrir.

Ce n'est pas de la théorie que j'expose, ce sont des résultats pratiques que je cite, et les trois quarts des cultivateurs normands agissent comme je l'indique. Mais il faut, je le répète, des sujets vigoureux et deux années après ils ont déjà une jolie petite tête.

Pour greffer, la manière est fort simple. Vous sciez la tête de votre sauvageon à hauteur moyenne d'homme, pas trop haut crainte des vents, pas trop bas crainte des bestiaux. Vous appropriez la plaie au moyen de la serpette; cela fait, vous fendez légèrement votre pommier par le milieu et vous introduisez dans cette petite ouverture, que vous maintenez au moyen d'un petit coin de buis, deux greffons taillés en biseau, un de chaque côté. Ce système a l'avantage de former rapidement la tête de l'arbre. Une fois les greffons bien adhérents au tronc, vous retirez doucement votre petit coin ayant bien soin de ne pas les déranger. Vous enduisez ensuite la plaie d'un peu d'argile détrempée et finalement vous la ligaturez avec une poignée de foin enduite d'argile, avec laquelle vous formez un bourrelet en la roulant autour du tronc et des deux greffons.

Cette manière d'opérer a peut-être aux yeux d'un théoricien l'inconvénient d'être trop simple et de ne rien coûter, tandis qu'un mastic quelconque sera vendu fort cher. Ce sont cependant bien souvent les méthodes les plus primitives qui sont les meilleures et c'est ici le cas.

Les greffons n'ont pas besoin d'avoir plus de 10 à 15 centimètres de longueur ; prenez garde cependant de ne pas vous tromper et de greffer des bourgeons à fruit au lieu de ceux à bois, car votre travail serait alors perdu.

A propos de greffes, encore un dernier mot : vous devez toujours les choisir de bonne espèce et de celles qui rapportent le plus ; car il y a des variétés de pommiers qui tendent à disparaître et dont les produits sont presque nuls ; ne cherchez pas à les faire renaître, vous n'y réussiriez pas ; car tout a une fin dans ce bas monde, animaux et végétaux subissent la loi commune ; essayer de réagir contre elle est inutile. Si une espèce tend à disparaître ne tentez rien pour la renouveler, car, nouveau don Quichotte, vous batailleriez en vain ; elle a rempli sa tâche, et jamais vous ne pourriez lui rendre son ancienne splendeur.

Autre observation : je suis l'ennemi de deux greffes de différentes espèces sur le même sujet, et encore bien plus si elles sont de variétés précoce et tardive, chose détestable pour la récolte des pommes et la fabrication du cidre.

Catégories des pommes

Nous divisons les pommes en trois catégories : les *tendres*, les *moyennes* et les *dures*. Remarquez que je ne dis pas *variétés*, s'il fallait citer des noms, ce serait innombrable et personne ne pourrait jamais s'entendre. La prétention qu'ont souvent les auteurs de parer, dans les ouvrages sur le cidre, les pommes de noms plus ou moins pompeux m'a toujours amusé, car je n'ai jamais entendu dire que le volapück pomologique soit un fait accompli. Je me suis toujours demandé quel peut être le but de ces écrivains qui sont assurés d'avance de ne pas être compris.

Car, en effet, c'est l'un ou l'autre : ou vous écrivez pour le petit rayon qui vous environne, et vous pouvez alors vous servir des dénominations usuelles qui y sont connues ; ou bien vous le faites pour une publicité générale et alors vous manquez, en insérant les noms donnés dans votre localité, une belle occasion de vous taire. J'ai parcouru souvent pour les concours la Normandie et la Bretagne, j'ai souvent également rencontré le même pommage ; mais aussi, en revanche, j'ai toujours entendu lui donner des noms différents.

Je me rappelle, à ce sujet, une charmante discussion que j'eus, il y a quelques années, avec un riche pépiniériste d'un département voisin de la Manche, qui venait m'offrir un bel échantillon de pommes qu'il appelait du *Fréquin*, et me proposait de m'en céder des greffes, me certifiant que le cidre produit par ces fruits me rendrait vainqueur dans tous les concours. Charmé d'une perspective aussi attrayante, je m'emparai d'un échantillon, mais, en l'examinant, je devins songeur ; et, pour vaincre le doute qui m'était venu, j'imitai notre premier père et en mordis bravement un morceau. Mon hésitation fut courte, et, m'adressant à mon honorable interlocuteur : — Cette pomme est du *Thuville*. — Pas le moins du monde, c'est du Fréquin. — Nullement, vous vous trompez, etc., etc. Bref, nous discuterions encore si une idée toute naturelle ne m'était venue à l'esprit :

— Avez-vous bu du cidre fabriqué avec cette variété ?

— Tous les jours, me répondit-il, c'est celui que
je préfère.

— Eh bien, mon cher monsieur, répondis-je en
souriant, nous allons en juger.

J'appelai, et bientôt une bouteille et deux verres
firent leur apparition pour trancher le différent. Je
versai à mon contradicteur de la boisson dorée et
tout en remplissant le mien :

— Goûtez, lui dis-je.

Rien qu'à voir sa figure ébahie, je compris sa
défaite.

— Eh bien ?

— C'en est..., fut sa seule réponse.

Prenant alors mon verre et l'approchant du sien :

— A la santé du Fréquin ! mon cher contradicteur.

— A celle du Thuville ! fut, en homme d'esprit, sa
réponse.

— Mais enfin, me dit-il, comment voulez-vous
qu'on parvienne à se reconnaître dans les com-
mandes de pommes si tout le monde leur donne un
nom différent ?

Comment vous, praticien, vous y prendriez-vous
pour demander de bonnes variétés ?

— Comment, mais j'ai justement sous la main la
réponse à votre question ; c'est une lettre d'un de

mes anciens condisciples de l'Institut de Beauvais qui me l'adresse de l'Aisne ; prenez et lisez, incrédule, et soyez convaincu :

MON CHER CAMARADE,

Envoyez-moi le plus tôt possible les greffes de l'excellent pommage que vous possédez et que vous m'avez promises lors de mon voyage dans votre beau pays. Veuillez seulement les étiqueter, tendres, moyennes ou dures et ne m'adresser, bien entendu, que des espèces amères et douces amères, je n'ai que faire de celles qui sont acides, je ne fabrique pas de vinaigre ; quant aux noms dont vous pourriez vouloir les décorer, inutile de vous donner cette peine, je n'en ai qu'un seul à leur donner, et il vaut à lui seul tous les autres ; c'est celui de leur patrie de prédilection. Elles seront appelée chez moi : *Pommes de Normandie.*

Votre ami dévoué,

X***

— Que pensez-vous de cette lettre, mon cher saint Thomas ? dis-je à mon pépiniériste.

— Ceci : c'est trop simple pour avoir du succès. Il faut toujours que la vanité humaine ait son droit ; or, votre ami, en supprimant les noms locaux, ne

lui fait aucune part. Mais, je n'en disconviens pas,
c'est très pratique ; et, sur cet aveu tout à fait philo-
sophique, il me quitta en me serrant vigoureusement
la main.

Si ce travail avait eu la moindre prétention péda-
gogique, je ne me serais pas amusé à causer ainsi
avec vous, ami lecteur ; mais, quitte à passer pour
un bavard, je n'ai pu résister à la tentation d'écrire
ce qui précède afin de prouver que, lorsque l'on s'en-
tête à vouloir marteler la tête des personnes, de
noms locaux, on commet une véritable bévue, car
vous pouvez choisir comme pommage un nom ron-
flant qui ne vaudra peut-être rien et dédaigner une
humble variété qui pourrait devenir la reine de
votre caye.

Ayant été pris moi-même à ces pompeuses dénominations, je suis devenu un peu sceptique, et la légère
critique que je viens de me permettre, m'était un
peu due comme réparation de quelques déceptions
que j'avais jadis éprouvées.

Lorsque vous récoltez les pommes, il est indispensable de ne pas mélanger les catégories ; car, si vous
amenez les tendres et les dures ensemble dans le
pressoir, vous êtes certain de réussir, ces dernières
étant encore toutes vertes quand les premières sont
pourries, à fabriquer un remarquable vinaigre. Je
reviendrai d'ailleurs plus tard sur ce sujet quand
nous nous entretiendrons du cidre.

Ainsi donc, c'est bien entendu, quand vous créez un verger, ne mélangez pas vos espèces tendres et dures. Si la pièce est grande, mettez chaque variété de son côté, sans quoi, le moment de récolter étant venu, vous seriez obligé de faire le triage, ce qui serait une perte de temps.

Autre conseil et qui a bien son importance : Lorsque vous greffez un plant de pommiers de mêmes espèces tendres ou dures (remarquez que je dis *tendres ou dures*), c'est-à-dire dont la récolte doit être ou hâtive ou tardive, vous devez le faire en ligne, en sens inverse de celui que vous récolterez, autrement dit de la pente, car naturellement quand vous ramassez des pommes, vous le faites par rangées d'arbres et en montant si le terrain est incliné, la mode n'étant pas encore venue de se mettre la tête en bas et la chute des reins en haut. Vos pommes seront alors naturellement mêlées et c'est, le fin connaisseur ne l'ignore pas, le mélange des espèces de mêmes catégories qui fait le bon cidre.

Cet avis n'est peut-être pas très compréhensible à première vue, relisez-le et vous jugerez que j'ai raison ; j'ai opéré ainsi, pour mon compte personnel, et le mélange nécessaire pour une bonne fabrication a été ainsi naturellement obtenu.

Bien entendu que je parle ici de la création d'un plant ; si le greffage a lieu sur des sujets isolés dans d'anciens vergers, c'est à vous d'aviser.

1**

Soins à donner aux pommiers

Vos pommiers, plantés, greffés, il faut les garantir de l'atteinte des animaux.

Ici encore plusieurs procédés : Si vous avez des débris de bois de charpente, trois ou quatre pieux, reliés entre eux autour de l'arbre par de petites planchettes, forment un excellent entourage.

Si vous possédez des bancs d'épines, vous pouvez fort bien les utiliser. Entourez votre sujet de paille, pour le garantir des piqûres, plantez au pied trois ou quatre belles épines que vous serrez à l'arbre par trois petites harts, aspergez le tout de bouse pour en éloigner davantage les bestiaux. Ce système est économique et garantit fort bien les pommiers pendant deux ans; vous en serez quitte pour recommencer au bout de ce laps de temps. D'autres cultivateurs emploient, au lieu d'épines, de simples ronces de haies roulées en spirales ; du moment que vous avez, pour opérer, de bons gants, et que vous ne vous griffez pas trop le nez c'est parfait, les bestiaux ne sont pas tentés d'y mettre le leur.

Cependant le système le plus simple est sans contredit celui des garde-arbustes métalliques. Il s'en fabrique aujourd'hui de toutes sortes et de toutes formes; ils sont très commodes, faciles à poser, d'une garde parfaite; ils n'ont qu'un seul inconvé-

nient, celui de coûter de l'argent, grand embarras
lorsque l'on en a guère, ce qui prouve qu'il n'y a rien
de parfait sous le soleil.

Lorsque la sève entre en mouvement, il faut avoir
grand soin de couper avec la serpette les jets qui se
développent le long du tronc, ce sont des gourmands
qui nuisent à la greffe. La négligence qui existe
trop souvent sur ce point est des plus regrettable,
c'est pourquoi on ne saurait trop y appeler l'attention des cultivateurs. Que de fois ai-je tempêté à ce
sujet!... N'est-ce pas en effet pitié que de voir
une pauvre petite greffe étiolée couronner piteusement un magnifique baliveau feuillu. C'est l'un ou
l'autre : Voulez-vous avoir des pommes oui, ou non ?
Si c'est oui, ayez soin de vos greffes et coupez impitoyablement tous jets qui pourraient se développer le
long de l'arbre ; si c'est non, ce n'est pas la peine de
planter un pommier de 4 francs pour le perdre ainsi ;
une branche de saule que vous piqueriez en terre
deviendra aussi verte et produira aussi bon effet que
le pommier abandonné à lui-même.

Autre observation : Si le bourrelet argileux qui
entoure votre greffe et la relie à l'arbre vient à se
désagréger par la pluie, ce qui n'est pas rare, vous
devez de suite en remettre un autre.

Cette sorte de ligature primitive est indispensable
aux jeunes greffes et sert à les garantir de l'intempérie
des saisons. Nous lui avons donné le nom élégant de

boueure, ce n'est pas très aristocratique, mais ce qui se fait avec de la *boue* ne peut avoir une dénomination bien idéale. C'est pourquoi, si vous allez dans la Manche et que l'on vienne à vous dire que les jeunes pommiers sont sans *boueures* et qu'il faut leur en remettre, vous pourrez répondre de suite que vous savez ce que cela veut dire et que c'est un Normand qui vous l'a appris; il est bon de tout savoir, on ne sait pas ce qui peut arriver....

Lorsque les jeunes pommiers sont attaqués par des pucerons et autres insectes, enduisez-les d'un lait de chaux, ce barbouillage leur est tout à fait antipathique et les fait déguerpir avec un ensemble admirable.

Si ce sont les racines de l'arbre qui sont atteintes, soit par le ver blanc, soit par toute autre engeance aussi recommandable, versez au pied de votre arbre un seau d'eau de lessive que toute ferme possède, faisant chacune les siennes, et soyez certain que la potasse, contenue dans cette eau, sera aussi agréable aux rongeurs souterrains que la chaux l'est aux pucerons de l'extérieur.

A propos d'insectes, il faut cependant que je vous mentionne le plus terrible de tous : l'*Anthonome du pommier* qui, avec une indiscrétion déplorable, fait un nid à son ver au beau milieu de la fleur.

Vous voyez alors les pétales de celle-ci se recroqueviller; adieu alors le fruit, la récolte est perdue.

N'y a-t-il aucun moyen, me direz-vous, d'expulser à tout jamais cet empêcheur de danser en rond du pommier? Parfaitement. Mais ici, un simple badigeonnage à la chaux est insuffisant; il faut un remède énergique et vous le trouvez en aspergeant, à la fin de l'hiver, vos arbres, troncs et branches, avec une bonne bouillie bordelaise; c'est-à-dire, avec une solution de 3 pour 0/0 de sulfate de cuivre et 2 pour 0/0 de chaux par hectolitre d'eau.

Cette liqueur a la propriété d'être tellement agréable aux larves de l'anthonome qu'après l'avoir goûtée, elles s'en déclarent de suite satisfaites. On le suppose du moins, car elles n'ont jamais pu le dire, vu qu'elles sont mortes.

Bien entendu que si vous pensez qu'une seule application soit insuffisante pour détruire cette vermine, ce qui peut fort bien arriver, vous n'avez qu'à imiter les enfants qui chantent la ronde du « *Petit Navire* » et à répéter avec plus ou moins de satisfaction :

> Quoique ce traitement m'emb... (*bis*)
> Je m'en vais le, le, le recommencer (*bis*).

Vous avez dû comprendre que vous devez, avant d'administrer le traitement indiqué ci-dessus, faire un peu de toilette à vos arbres et les débarrasser des mousses, vieilles écorces, lierre, bois, etc., qui leur font une enveloppe peu triomphale; c'est pourtant là-dedans que se sont nichés les insectes, et si vous aviez eu un peu plus de soin, cela ne serait pas arrivé. Mais c'est si bon de ne rien faire, que cela paraît dur lorsqu'il faut s'armer en guerre, et beaucoup de cultivateurs actuels sont comme le bon vieux Normand qui disait gravement :

« Que c'est donc un brave homme d'arbre que ce pommier, il n'y a rien à lui faire; aussi, merci mon Dieu de nous l'avoir donné; je vais *bère* un bon coup à votre santé!... »

Ayez grand soin de toujours débarrasser vos arbres adultes du bois mort qui peut s'y trouver, et coupez, de plus, impitoyablement à hauteur d'homme, au moyen d'une serpe, toute branche qui incline vers la terre. Ceci est indispensable pour deux raisons : d'abord, en broutant les jeunes pousses des extrémités, les bestiaux les rompent toujours plus avant dans l'arbre, ce qui engendre beaucoup de bois mort et fait grand tort aux pommiers; en second lieu, lorsque ceux-ci se chargent de fruits, le poids des pommes fait plier les branches et, si elles n'étaient pas émondées très haut, les animaux pourraient, quoique embricolés, en tendant le cou, atteindre les fruits, les secouer, en recevoir peut-être un dans *la goule* (bouche), l'avaler entière, sans avoir eu le temps de le mastiquer, de là asphyxie. Je parle en connaissance de cause, j'y ai été pris moi-même.

A ce propos, je ne saurais trop recommander aux cultivateurs, s'ils ne peuvent mettre leurs bestiaux, à l'époque de la récolte, autre part que dans les

vergers, ce qui peut arriver, d'embricoler impitoyablement leurs animaux, le nez presque contre terre ;
ils souffrent un peu de la gêne que leur cause cette
position, c'est possible, mais ils ne risquent pas d'être
étouffés par une pomme avalée trop vite et c'est là
l'important. Tant que l'animal la ramasse à terre, il
n'y a aucune crainte, le danger consiste pour lui à
la cueillir à la branche.

Quoique je ne sois pas vétérinaire, je puis cependant écrire ce petit avis.

Lorsqu'une vache se trouve *engoulée* ou *empommée*, c'est-à-dire privée de respiration par la pomme
qu'elle a avalée entière, il faut naturellement la lui
retirer le plus tôt possible, ce n'est quelquefois pas
très commode, mais il y a des besognes difficiles qu'il
faut cependant faire.

Tenant solidement l'animal la gueule ouverte, un
jeune enfant à la main fine peut, en l'introduisant
dans l'œsophage, retirer le fruit et sauver ainsi l'animal de l'asphyxie.

Si vous ne pouvez agir ainsi, un *perpignan,* fouet
de charretier à manche flexible, que vous introduirez
par le gros bout peut également soulager l'animal
en refoulant la pomme dans l'estomac.

Mais n'allez pas vous aviser d'agir comme un
brave homme de ma connaissance qui, perdant totalement la tête, accourait armé de son manche à
balai. A la vue de cet étrange outil médical, je ne

pus que lui demander en riant s'il voulait embrocher
sa génisse et lui conseillai d'appeler plutôt sa jeune
fille qui accomplit facilement l'opération que n'aurait
pu faire l'instrument de nos ménages, d'ailleurs
beaucoup trop droit et pas assez souple ; car remarquez qu'il faut toujours, lorsque l'on touche aux
organes internes, agir le plus doucement possible,
les ongles rognés de façon à ne pas blesser l'animal.

Il ne faut jamais laisser dans vos pommiers, de
gui, ce parasite semé par les oiseaux et qui vit aux
dépens de la sève ; il est d'ailleurs facile à retirer,
il se rompt facilement ; n'y laissez jamais grimper
de lierre, car cette plante, dont le pommier n'a
aucun besoin d'être décoré, est, avec la mousse, un
refuge tout trouvé pour des ennemis : chenilles et
anthonomes.

Le chancre peut se produire sur certains arbres ;
dans ce cas coupez la branche atteinte, au-dessous du
mal ; si c'est le tronc, abattez-le. Je vous ferai observer d'ailleurs qu'il y a des espèces, qui sont même
excellentes, qui chancrent naturellement et que vous
auriez bien du mal à obtenir autrement. Si les produits qu'ils vous donnent sont bons et suffisants,
laissez-les pousser malgré leurs chancres, il vaut mieux
laisser ses enfants morveux que de leur arracher le
nez. D'ailleurs, les cas de chancre sont assez rares
dans les variétés de pommes à cidre.

J'ai lu aussi dans certains ouvrages le nom d'une

maladie que l'on appelle la *Jaunisse* ; je ne connais pas cela ; à moins que les auteurs de ces brochures n'entendent désigner par là l'état maladif d'un pommier, ce qui rend les feuilles un peu pâles. Ceci peut provenir de la piqûre faite aux racines par des rongeurs ou divers insectes, voire même de la nature de l'arbre qui se trouve mal dans l'endroit où il a été planté. Aspergez-moi les racines de quelques seaux de lessive, si le terrain n'est pas potassique ; d'une dissolution de superphosphate, si le sol manque de phosphore ; et, par-dessus tout, d'une dissolution de sulfate de fer.

En suivant ces conseils, vous verrez le feuillage reverdir et votre pommier se *déjaunira*.

Enfin, pour terminer ce long article des soins à donner aux pommiers, n'oubliez pas de les engraisser ; mais ne le faites pas comme certaines personnes qui répandent bravement une brouettée de fumier au pied même de l'arbre et croient sincèrement lui avoir rendu grand service. Les racines ne sont pas au pied même, encore une fois, elles s'étendent dans un périmètre assez étendu, vous devez donc en faire autant de vos engrais et les rayonner largement autour de l'arbre, car si c'est par ses feuilles qui sont loin du tronc que le pommier respire, c'est aussi par ses radicelles qu'il se nourrit, et celles-ci ne se trouvent pas au pied même.

En résumé, on le voit, tout dépend de la surveillance du cultivateur ; et le bon état de ses pommiers, comparé aux produits qu'ils donnent, réclame en résumé peu de soins.

Ennemis du pommier

Vous allez sans doute me dire : voilà déjà plusieurs pages que vous écrivez sur ce sujet.

C'est possible, mais permettez-moi de vous dire que ce sont les petits que l'on peut conjurer, mais il en est deux véritablement redoutables : le premier, heureusement fort rare ; le second, malheureusement trop fréquent. J'ai nommé le froid et le vent. Quand l'hiver couvre la terre de ses frimas et que des froids intenses, dignes de la Laponie, viennent visiter nos côtes normandes, le pommier peut en souffrir, il est même arrivé qu'il en meure, mais ceci est fort rare.

Malheureusement le second ennemi est plus redoutable. Quand MM. Borée, Eole et Cie se mettent en campagne, le cultivateur normand tremble et il a raison, car l'ouragan renverse souvent des centaines, voire même des milliers de pommiers. Mais devant de pareils adversaires, nous n'avons qu'à nous incliner, tout en déplorant les pertes subies, l'homme n'est pas le maître des éléments !

Bien entendu que si vos arbres ne sont que fortement inclinés, sans avoir la racine où était précédemment la tête, il faut essayer de les rétablir, au moyen d'appuis, dans leur position normale. Si le sujet est jeune, cela peut réussir ; s'il est vieux, c'est temps perdu. Une pareille chute, dans un âge avancé, est toujours mortelle et le pommier suit pleinement ici la règle générale.

Produits

Le pommier ne rapporte guère sérieusement avant une vingtaine d'années ; remarquez que je dis sérieusement, car bien souvent il donne des fruits au bout de quatre ou cinq ans.

Fournir des chiffres comme rendement est assez difficile. Un bon pommier adulte donnera bien 4, 5, 6 *corbeilles* (hectolitres) de pommes ; j'en ai même possédé plusieurs qui atteignaient 12, et même 15 hectolitres, mais ce sont là des sujets exceptionnels.

Un verger de bons pommiers en plein rapport qui donne, tous les deux ans, son tonneau à la vergée, autrement dit cinq tonneaux à l'hectare, est une richesse pour son propriétaire. (Nous comptons habituellement 50 hectolitres au tonneau type de 1.400 litres) ; cela fait donc 250 hectolitres qui au prix moyen de 3 fr. font 750 francs par an. Le cultivateur a bien entendu en outre comme produit l'herbage ou la récolte dans laquelle les arbres sont plantés, ce qui constitue une double source de bénéfices.

Il ne faut pas encore une fois prendre les chiffres ci-dessus à la lettre ; cela est très vague et de plus il faut un plant en rapport, ce qui est loin de toujours se trouver.

Longévité du pommier

Je possédais, il y a quelques années à peine, un verger tout à fait particulier ; il était composé de pommes de *Thuville,* c'est le nom local, donnez-lui celui que vous voudrez, et les arbres qui le composaient, au nombre de 100, avaient été plantés en 1793 par un prêtre assermenté nommé Chevalier ; il occupait jadis 2 hectares et plus de 40 pommiers avaient résisté, depuis 95 ans, aux luttes de la nature. Ce plant, tout à fait exceptionnel, car il rapportait, il y a une trentaine d'années, près de 17 hectolitres par arbre, était un véritable phénomène, ce qui faisait dire à nos religieuses populations que si l'eau bénite n'avait pas présidé, lors de cette triste époque, à sa création, le diable y avait largement pourvu.

Si je cite ici cet exemple qui m'est personnel, c'est dans le but de prouver que le pommier peut atteindre le siècle comme durée et, à cet âge vénérable, il rapporte encore ; pas de gros fruits c'est vrai, ceux-ci sont l'apanage de la jeunesse, mais enfin il vit encore et produit un peu.

L'auteur de cette brochure n'a certes pas la prétention d'aller jusqu'à cet âge biblique, qui constitue un inconnu pour tout être créé ; mais il le souhaite de tout cœur à ses aimables lecteurs espérant que, malgré les ans accumulés sur leurs têtes, ils voudront bien alors conserver à celui qui a l'honneur de leur dédier ces lignes la bienveillante attention qu'ils lui accordent aujourd'hui.

Avis divers

Tout pommier au pied duquel on voit pousser une masse de champignons est mort, ces cryptogames proviennent de la pourriture des racines ; il faut l'abattre et le remplacer. A ce propos, une observation : Vous ne devez jamais mettre son successeur dans la même fosse, mais en creuser une autre plus loin ; il faut à un jeune arbre de la terre vierge qu'il ne pourrait trouver dans celle qui a servi de cercueil à celui qu'il remplace.

Un petit détail bien connu des ménagères : Le bois de pommier, comme celui de poirier, est un des meilleurs de chauffage, car c'est un de ceux qui produisent en brûlant le plus de calorique et la cendre obtenue, après sa combustion, est une des meilleures pour les lessives.

Autre chose ; j'ai connu certains propriétaires, peu connaisseurs, qui naïvement venaient m'exposer les craintes qu'ils avaient de voir leurs fermiers arracher leurs pommiers encore pleins de sève pour s'en faire du bois de chauffage. Ceci est une absur-

2

dité ; outre que le fermier n'y trouverait aucun intérêt, l'arbre en bon état rapportant beaucoup plus en fruits qu'en bois, il s'exposerait en outre à des dégradations considérables et aurait à payer, pour ce véritable acte de vandalisme, des indemnités très élevées.

Que *les ceux*, comme on dit au pays, qui pourraient concevoir de pareilles craintes se rassurent. Le Normand, et j'entends ici par ce qualificatif général ceux qui cultivent le pommier, est jaloux de son cidre ; il adore sa boisson favorite et sait que sous ce rapport le commerce futur est à lui ; comme l'Arabe qui a fait de son cheval son ami, il aime ses arbres qui le lui rendent en beaux fruits dorés et ce ne sera jamais un vrai Normand qui fera du bois de ses pommiers, il est trop malin pour cela.

En résumé, je crois que tout cultivateur qui se trouve dans des conditions de terroir et de climat convenables, a tout intérêt à planter ce bel arbre. Le commerce des pommes, comme nous le disions en commençant, prend chaque jour plus d'extension, il constitue une véritable richesse pour le fermier.

Les pommes sont un produit véritablement rémunérateur et de plus on fabrique avec elles de bon cidre qui se paie à beaux deniers et dont la boisson si salutaire donne du cœur à l'ouvrage, endort les douleurs présentes et rend confiance dans l'avenir !

LE CIDRE

Une conquête peu connue

S'il me fallait raconter ici l'origine du vin, la chose serait facile, puisque l'Écriture nous enseigne que Noé, pour fêter sans doute sa sortie de l'Arche, se trouva un beau matin, après avoir bu du jus de la treille, dans une situation peu modeste. Il était d'ailleurs, au dire des Livres saints, fort excusable, puisqu'il ignorait les effets de la boisson enivrante.

Mais ce n'est pas du vin que j'ai à vous entretenir, mais du cidre, et je ne suis nullement tiré d'embarras.

On nous dit bien dans les ouvrages que, dans l'antiquité, Pline parlait du vin de pommes.

Que Huet, ancien évêque d'Avranches, buvait, au XIIIᵉ siècle, du cidre à Caen, et qu'on payait même pour cette boisson une dîme à Saint-Pair près Trouarn.

Tout cela était bel et bon, mais ne me satisfaisait pas, parce que j'aurais voulu quelque chose d'inédit et j'étais, je l'avoue, sur le point de donner, comme on dit vulgairement, ma langue au chat, lorsque, comme un trait de lumière, me revint soudain à l'esprit une conversation que j'avais eue jadis avec un vieux loup de mer sur une de nos délicieuses côtes normandes.

A ce souvenir, mon front s'éclaircit ; j'avais découvert l'inconnu tant cherché, je tenais ma légende.

La voici, entièrement en français, car s'il me fallait la raconter en style maritime, je ne serais pas compris et je courrais certainement des *bordées* absolument inutiles.

— Avez-vous jamais su, notre Monsieur, qui qu'avait conquis l'Anglais ? (ce mot sur nos côtes normandes est synonyme d'Angleterre).

— Parbleu, c'est Guillaume le Bâtard, duc de Normandie.

— Non pas, c'est le cidre !

— Hein ?...

— Oui, c'est le cidre et voici comment : Lorsque le grand Guillaume (et ici mon vieux matelot souleva son béret avec respect), eut résolu de conquérir l'Anglais, il appela à lui tous les hommes valides ; il vint alors des Bertons (Bretons), des Manceaux, des Angevins, un peu de tous les pays ; c'étaient de fiers gars, allez, commandés par la fleur des braves.

Mais il s'était dit : En leur promettant une forte solde et le pillage de l'Anglais, je vais bien les attirer à moi, mais qui leur donnera ensuite du cœur au combat après la traversée ?...

Le grand Guillaume ne réfléchit pas longtemps, il demanda partout des tonneaux de gros bère (cidre) et il en arriva de tous côtés. On en chargea plus de 200 bateaux et il parti content, car il savait que le gros bère donne du cœur aux moins braves. Ce qu'il avait prévu arriva ; aussitôt en Anglais, on défonça des barriques et ce fut une vraie bénédiction, tout se sauvait à son approche ; aussi, si on a donné le nom de *Conquérant* au grand Guillaume, c'est à tort ; il a été grand d'avoir eu l'idée d'emmener des barriques de gros bère, mais c'est le cidre qui est le vrai vainqueur !...

— Mais, lui fis-je, pourquoi les Anglais n'en boivent-ils pas ?

— Voilà : Vexés d'avoir été conquis par le cidre, ils ont cherché une autre boisson qui les rendit victorieux. Ils ont fabriqué ce qu'ils appellent de *la bière* (ce qui est bien mauvais), mais nous n'avons rien à craindre, leur boisson rend lourd, la nôtre rajeunit !

A ce moment mon vieux marin était réellement beau, l'âge semblait s'être momentanément effacé et l'amour du terroir avait vraiment redressé cette taille que le poids des ans courbait avant vers la terre.

Sachez-le bien, notre Monsieur, tant qu'il aura du cidre, un malelot normand se battra comme un lion et, comme le grand Guillaume, sera toujours vainqueur ; car le cidre c'est pour lui le souvenir du toit paternel, c'est celui du clocher de son village natal, c'est pour lui enfin la patrie tout entière !....

Tel fut jadis le récit de mon vieux loup de mer, il était assez beau pour vous être raconté, et je n'ai pu résister à la tentation de le faire. Quoique le cidre y remplisse le rôle de Guillaume le Bâtard et conquière à sa place l'Angleterre, il n'en est pas moins attrayant, car il prouve le culte que tout Normand a voué à sa boisson favorite et il proclame en outre son amour pour la France, ce dont personne n'a jamais eu le droit de douter !

Que faire des pommes tombées

Avant d'exposer la grande fabrication du cidre, telle que nous la pratiquons en Normandie, je vais la faire précéder d'une question très importante à laquelle j'avais répondu il y a quelques années.

C'était en 1883, après le violent ouragan du 2 septembre qui avait abattu environ un dixième de la récolte, M. Louis Hervé, le sympathique rédacteur en chef de la *Gazette des Campagnes*, posait aux cultivateurs cette question : *Que faire des pommes tombées ?*

Voici quelle fut ma réponse :

Lorsqu'une tempête survient commencement de septembre, c'est-à-dire avant la maturité, on se demande souvent que faire des fruits tombés? Faut-il les laisser sous les arbres, faut-il les mettre à part? Mon opinion est ici absolue, et je m'en suis toujours bien trouvé. Après l'ouragan, vous devez ramasser les pommes tombées et les mettre en toutes petites *tombes* (c'est le nom donné en Normandie aux tas de pommes), très peu épaisses, au grand air, de façon à ce que le soleil puisse pour ainsi dire pénétrer dans l'intérieur et amener ces fruits à une sorte de maturité. La raison qui me fait les récolter ainsi est la suivante : c'est qu'il vaut mieux ne faire qu'une petite quantité de cidre médiocre que de risquer plus tard à obtenir, par le mélange général des pommes, une boisson aigre qui serait désagréable.

Lorsque vous jugez que vos petites tombes sont à point, ce qui se reconnaît à une bonne odeur de fruits mûrs qu'elles répandent, vous les concassez et les pressurez. Soyez sans crainte, vous en boirez vite, car le cidre obtenu passera rapidement de la fermentation sucrée à celle alcoolique.

Bu *tout chaud,* comme on dit habituellement, c'est-à-dire aussitôt qu'il commence à pétiller, il est loin d'être désagréable; mais il ne faut pas songer à lui pour l'avenir, ce cidre ne se conserve pas. Aussi, faites bien attention à ceci : jamais, au grand jamais,

vous ne devez le mélanger dans la suite avec celui que
vous obtiendrez des pommes à maturité, sans quoi
vous ne feriez que de la piquette bonne pour assai-
sonner la salade.

Si l'ouragan vous en a abattu de fortes quantités
et que vous ne prévoyez pas pouvoir tout consommer, vendez aux débitants, si vous le pouvez, le cidre
obtenu, à condition qu'il soit clair, ce qui n'est pas
certain, c'est d'ailleurs une affaire à débattre qui
vous regarde seul ; dans le cas d'impossibilité, aussitôt fermenté, faites-le bouillir, vous aurez toujours
l'eau-de-vie qui vous récompensera de votre travail.

Récolte des pommes

Les pommes qui tombent en octobre sont mûres,
du moins pour la plupart des espèces. Vous les
ramassez au fur et à mesure à la fin de ce mois,
après avoir gaulé celles qui restent dans les arbres.
A ce propos, je ne saurais trop recommander aux
cultivateurs de n'employer la gaule que lorsque les
pommiers auront été bien secoués par une personne
qui monte dans l'intérieur de l'arbre. Vous rompez
bien moins, en agissant ainsi, les bourgeons qui
peuvent s'y trouver pour l'année suivante.

J'avais oublié de dire qu'il vaut toujours mieux
ramasser sous les pommiers les premières pommes

qui tombent et ne pas les mélanger avec celles qui arrivent à complète maturité. Ces premiers fruits ont reçu le nom de *Quétaines*, ne me demandez pas d'où il vient, car vous embarrasseriez fort votre serviteur qui se verrait dans la triste situation d'avouer qu'il n'en sait rien. Quoi qu'il en soit, j'ai toujours suivi cette règle, et m'en suis bien trouvé. Vous faites avec ces pommes tombées, quand elles ont été un peu cuites en tombes par le soleil, un cidre très agréable, parce qu'il est nouveau ; et comme, sauf le cas d'ouragan, la quantité est peu considérable, vous pouvez fort bien le consommer de suite dans votre exploitation.

D'ailleurs, il y a certaines espèces très hâtives dont la maturité ne pourrait attendre celles qui se récoltent plus tard ; mélangez alors ces pommes avec celles qui sont tombées et vous êtes certain d'obtenir de suite un cidre agréable qui fera la joie des enfants, parce qu'il sera doux, et surtout la consolation des parents si leur cave est vide.

Les fruits doivent être récoltés bien propres, c'est-à-dire sans feuilles ; ils sont mis par catégories, les tendres avec les tendres et les dures avec les dures, en *tombes* (c'est-à-dire en tas allongés), beaucoup plus grosses, car, les pommes étant à maturité, il n'y a aucun danger de mauvaise fermentation. Si vous n'avez pas de locaux assez grands pour les mettre à l'abri, ce qui arrive presque toujours, vous

les placez alors à même sur le gazon, à bonne exposition et ne les amenez au pressoir que lorsque le
dessus des tas commence à pourrir ; c'est le signe
de la complète maturité.

Beaucoup de cultivateurs, n'ayant pas l'emplacement nécessaire autour de leur pressoir, ou bien ne
voulant pas transporter de suite leur récolte, ont
l'habitude de laisser les pommes dans le plant qui
les a produites et de ne venir les chercher qu'au
moment du pressurage. Cette méthode, d'ailleurs fort
employée en Normandie où les locaux nécessaires à
la masse énorme de fruits font souvent défaut, a
donné naissance à une fabrication clandestine, fort
rare d'ailleurs, à laquelle on a donné le nom typique
de *cidre de clair de lune*. J'aurais certainement passé
sous silence cette dénomination, si un de mes aimables correspondants ne m'avait demandé un jour ce
que l'on entendait par cette *variété*.

On a donné ce nom, d'ailleurs fort compréhensible,
à une boisson, toujours excellente, fabriquée, à
l'aide de l'astre des nuits, par ceux qui n'ont pas de
pommiers.

Amis, c'est certain, du partage général, ils em-
pruntent de temps à autre, les ténèbres venues, quelques sacs aux tombes de pommes qui se trouvent
dans les herbages éloignés des habitations. Aussi,
partisans acharnés de la *liberté* la plus complète,
soutenant que l'*égalité* doit exister dans la récolte

des produits, ils fabriquent leur cidre de clair de lune au nom de la *fraternité*, réunissant ainsi la devise de nos murs (ce qui arrive trop souvent), dans une triple trinité de licence, d'injustice et de haine.

Que voulez-vous, la perfection n'est pas une qualité humaine, et le Gouvernement aura beau étaler sur les murs de nos cités cette mensongère devise, il ne pourra jamais empêcher que la paresse vicieuse ne soit toujours l'ennemie de l'honnête travailleur.

Voilà, cher correspondant, ce que l'on appelle le *cidre de clair de lune;* comme qualité, il vaut l'autre ; comme honnêteté, la prison devrait être l'apanage de celui qui l'a fabriqué.

Revenons-en enfin à nos pommes et disons : le cidre obtenu avec des fruits à complète maturité sera bon, il n'aigrira jamais ; ce sera le grand cidre que l'on peut conserver en fût dix ans si la chose plaît, ce sera enfin celui qui constituera une des boissons les plus saines et les plus agréables que la main de l'homme peut fabriquer.

Pour ceux qui peuvent mettre leurs pommes à l'abri, ce qui vaut infiniment mieux lorsqu'elles sont à complète maturité, il est indispensable de leur rappeler que l'air doit toujours circuler dans le local où elles sont placées ; autrement, la masse pourrait s'échauffer et le cidre que vous obtiendriez serait de mauvaise qualité.

Considérations générales

Il est un fait incontestable, c'est que le cidre est une des boissons des plus ignorées et des plus dépréciées, je parle en général. Pourquoi ? C'est que rarement on en boit de bon. Que vous vous rendiez dans n'importe quel café ou restaurant parisien pour demander une bouteille de ce liquide, on vous apportera pompeusement, sous le nom de *cidre de Normandie*, une espèce de liquide jaunâtre, doucereux, fortement alcoolisé, ou bien une piquette aigrelette dont la première gorgée vous fera sauter au plafond. Si vous vous récriez, on vous répondra que sa provenance est authentique et que vous n'y connaissez rien. Ne protestez pas, la chose m'est arrivée maintes et maintes fois ; et, dernièrement encore, il y a à peine quelques mois, à la clôture de l'Exposition, je fus délicieusement traité de..... mettons d'ignorant par le garçon qui me servait, parce que j'avais osé critiquer le liquide peu hygiénique qu'il me versait sous le nom de cidre, et l'avais prié fort poliment d'aller en faire profiter le ruisseau. Allez donc après cela faire aimer le cidre !...

Mettant de côté les liquides aigrelets ou doucereux sortant des *cidreries*, ces laboratoires d'un nouveau genre, que l'on décore du nom de cidre de Normandie, de la Sarthe, etc., et ces crus de pom-

miers qui font frémir les palais les moins délicats,
il ne faut pas croire que la manière d'opérer soit
indifférente ; car, vous auriez beau posséder un
pommage de premier choix, vous ne produirez
qu'une boisson détestable si vous ne savez pas la
faire.

Si trop souvent les cidres sont aigres, c'est que
la première règle, celle de maturité, est enfreinte.
Si vous gaulez vos pommes trop vertes, vous n'obtiendrez rien de bon ; si, étant en tombes, vous ne
leur laissez pas le temps de se cuire pour ainsi dire
ensemble, c'est encore comme rien.

N'écoutez donc jamais ces beaux parleurs, prati-
ciens de pacotille qui, parce qu'ils ont lu cela dans
quelques petites brochures plus ou moins sottes,
viennent prétentieusement vous dire, après avoir
goûté d'un fruit pris à l'arbre : ces pommes sont
mûres, vous pouvez les amener au pressoir. Croyez
cela et buvez de l'eau quand vous ne pourrez plus le
faire de votre cidre. Cette théorie est totalement
fausse, car si les pommes de l'extérieur de l'arbre,
celles qui ont eu tout le soleil le sont, celles de l'intérieur, qui en ont été privées, sont fatalement vertes ;
et il faut, de toute nécessité, que les pommes soient
mises en tombes pendant un temps plus ou moins
long ; car c'est en tas que se termine la maturité ;
c'est en tas que se communique de l'un à l'autre le
parfum de chaque fruit ; c'est en tas enfin que se

développe le bouquet qui vous rendra plus tard fier de votre cidre.

Et maintenant me direz-vous : A quel moment les pommes doivent-elles être pressurées ? Vous ne devez le faire que lorsque le dessus de vos tombes commence un peu à pourrir (remarquez que je ne dis pas moisir), c'est-à-dire : lorsque celles de l'extérieur deviennent un peu blettes ; c'est à ce moment qu'il faut agir, car alors celles de l'intérieur sont arrivées à point. Si vous n'agissez pas ainsi, je ne saurais trop le répéter, vous pourrez mettre à l'enseigne de votre maison : *Fabrique de vinaigre,* car c'est le seul liquide que vous produirez.

Il est certain qu'il ne faut pas passer d'un extrême à l'autre et attendre indéfiniment la maturité ; l'excès en tout ne vaut rien, mais il vaut cependant mille fois mieux amener au pressoir des pommes trop avancées (comme cela nous arrive parfois dans les années de grandes récoltes), que des fruits verts. Dans le premier cas, le cidre sera moins fort en alcool c'est certain ; mais dans le second, il le serait infailliblement trop en vinaigre.

On me dira peut-être : L'hiver approche, les grands froids vont venir, le neige va tomber, nous devons nous hâter de pressurer ; ceci est une mauvaise excuse. Il ne faut pas, il est vrai, que les pommes soient gelées, ni que l'intérieur des tas renferme de la neige, car celle-ci rend le cidre sans couleur ni qualité; mais rien ne vous empêche, si vos tombes sont dehors de les couvrir avec de la paille, et il vaut infiniment mieux, je le répète encore une fois, que vos pommes soient un peu mordues par la gelée que de les pressurer trop vertes. Si j'insiste avec tant de force sur ce point, c'est qu'il est généralement le défaut capital; on croit toujours les pommes en état et on ne fait rien de bon; ayez donc au moins la patience d'attendre et vous gagnerez tout. Celui qui écrit ces lignes a fabriqué, pendant plus de vingt ans, du cidre pour les concours, vous pouvez lui faire l'honneur de le croire et vous vous en trouverez bien.

Variétés de cidre

Nous reconnaissons trois sortes de cidre : le *gros*, le *mitoyen* et le *petit*. Les noms ne sont pas très recherchés, mais ils sont tout à fait normands, je dirais presque gaulois, c'est-à-dire énonçant simplement ce que l'on veut désigner.

Le *gros*, son nom l'indique, est net de tout mélange; c'est le jus de la pomme dans toute sa force, son fumet et sa qualité. C'est celui qui donne des bras, suivant une expression rustique ; mais aussi, bonnes gens, usez, n'abusez pas!... car vous vous apercevrez vite, comme Galilée, que la terre tourne et que son centre d'attraction est irrésistible.

Le *mitoyen* a moitié d'eau ; excellent en mangeant, quand la chaleur n'est pas trop forte ; c'est le cidre type pour la consommation.

Le *petit* ou *boisson*, est celui que l'on obtient par le lessivage des marcs ou en mettant moins de 25 hectolitres au tonneau ; il est fort bon en été pour les repas, dans l'année où il est fabriqué.

Il faut vous dire que, dans les environs de St-Lô, nos tonneaux de commerce ont une contenance de 13 à 1400 litres et qu'il faut en moyenne 50 hectolitres de pommes pour les remplir en pur jus.

J'ai lu, dans un petit ouvrage que j'ai sous la main, que le bon cidre doit être clair, ambré, piquant, agréable et désaltérant, une vraie lettre de madame de Sévigné enfin. J'admets tous ces qualificatifs pour le *petit* et le *mitoyen* ; mais pour le *gros*, il n'est nullement désaltérant. Bien *paré*, expression de terroir qui veut dire *fermenté*, c'est-à-dire ayant tout son fumet, il n'est certes rien de plus agréable à boire qu'un verre d'un grand cru de Normandie ; malheureusement, ce cidre a la propriété de se faire toujours désirer ; plus vous en buvez, plus vous avez soif et alors... n'insistons pas. Noé fut surpris par le vin ; le cidre pur a joué plus d'un tour à ses descendants !

Quoique le paragraphe qui suit n'ait aucun rapport avec les *variétés de pommes*, il faut cependant que je vous le signale. J'avais totalement oublié de vous dire que les meilleurs fruits ce sont les amers-doux et que vous devez impitoyablement rejeter les pommes acides (ces dernières sont parfaites comme fruits de *garde* autrement dit fruits à couteaux), mais elles doivent être impitoyablement prohibées pour le cidre.

Le cidre est le contraire du vin, il est plus agréable à déguster jeune que lorsqu'il a de l'âge. Bien fermenté, dans toute sa force et son fumet, la première année de sa fabrication, voilà le moment de chanter ses qualités. Cependant, il ne faut pas passer d'un extrême à l'autre et le boire trop doux ; il faut lui laisser rejeter les ordures qu'il contient, qu'il ait *bouilli* en un mot. D'ailleurs, pris trop jeune, il serait, comment dire cela ?... le contraire d'astringent (glissons, n'appuyons pas), et de plus il ne serait pas sain pour la digestion ; il faut qu'il ait auparavant fermenté ; mais un des moments les plus agréables est lorsqu'il commence à fortement pétiller.

Pressoirs

Lorsque vous jugez que vous avez la pomme mûre, en suffisante quantité, pour un ou deux tonneaux (50 ou 100 hectolitres), suivant la grandeur de votre pressoir, vous procédez à la fabrication du cidre.

Une remarque avant d'indiquer comment nous procédons : ce petit travail n'est pas une réclame,

c'est pourquoi je ne veux nullement vous dire : achetez tel appareil pour votre maison, il est meilleur,
que celui-là. Je me suis servi de plusieurs systèmes,
et je n'en préconise aucun. Laissons les écrivains,
qui n'ont jamais fabriqué de cidre que sur le papier,
vous vanter les concasseurs, se moquer des tours de
pile, porter aux nues les pressoirs en fer et n'avoir
jamais assez de railleries pour les antiques pressoirs
à moutons ; j'ai usé de ces quatre appareils, les ayant
possédés ; aussi, plus tolérant que ces intransigeants
d'un nouveau genre, je déclare hautement que je
les ai tous trouvés bons.

Je le répète de nouveau, je n'ai pas l'intention
d'entamer ici une polémique à perte de vue sur les
avantages que présente tel ou tel système, je les déclare tous bons d'avance ; je donne simplement ici
mon opinion personnelle, sans l'imposer à personne.

Ceci bien convenu, j'ajouterai : il est incontestable
que le *tour de pile,* autrement dit les grosses roues
de granit mues par des chevaux dans des auges de
même pierre, ont l'inconvénient, écrasant considérablement les pommes, de produire un peu trop de
lie, mais aussi ils ont l'avantage de traiter de même
le pépin ce qui produit un cidre parfaitement bien
amertumé, qui sera toujours le favori des vrais connaisseurs. Je n'ai rien à dire contre les concasseurs
ou moulins à pommes, leur emploi est excellent et ils
fournissent moins de lie.

Pour les pressoirs, même rengaine; c'est à qui prônera sur le papier les modèles les plus divers et couvrira de malédictions l'antique pressoir à mouton. Eh bien, je le répète : laissez dire, laissez écrire et croyez-en ce conseil que l'expérience que j'ai acquise me permet de vous donner : vous ferez du cidre excellent avec tous les systèmes, du moment que vous aurez du bon pommage et des fûts propres; et j'ajouterai ceci : si vos pères vous ont légué des tours de pile et des pressoirs à moutons, conservez-les, non comme reliques, servez-vous-en. Nos ancêtres étaient des hommes pratiques qui aimaient leur cidre et qui certes savaient fort bien le fabriquer. Ils allaient peut-être moins vite que prétend le faire la génération actuelle; l'expérience démontre cependant chaque jour que ce qui est fait à la hâte se détruit de même. Ne prétendez pas, jeunes présomptueux, en remontrer aux vieux Normands, et que leurs descendants sachent bien que ce qui leur sera le plus profitable c'est de se contenter de les imiter.

Je comprends fort bien qu'on ne préconise plus aujourd'hui ces vastes appareils; la génération actuelle, à l'étroit dans les mesquins bâtiments qu'elle construit, manque de place et c'est pour cette raison que les pressoirs à vis en fer et les moulins à pommes ont pris de nos jours tant d'extension; mais de là à attaquer injustement l'œuvre de nos pères, il y a loin.

Je le répète, pour moi, tous les systèmes ont du bon, mais il ne faut pas croire qu'avec les procédés actuels vous ferez mieux, c'est faux; la renommée des cidres a été établie avant toute la ferraille actuelle et certes les fruits étaient aussi bons, écrasés par le granit de notre sol, le cidre aussi délicieux, pressuré par le chêne de nos forêts, que par les procédés modernes.

Ne faites plus construire ces antiques appareils, je l'admets, la place vous fait défaut et l'économie vous le commande, mais respectez au moins ceux qui existent encore ; vos sarcasmes sont déplacés. Ils devraient être au contraire de votre part l'objet d'un culte reconnaissant : celui du souvenir!

Si je me suis permis cette légère sortie, qui ne vise personne, je m'empresse de le dire, c'est que maintes et maintes fois j'ai vu et entendu critiquer injustement nos appareils de fabrication ; je me suis alors permis de relever ici le gant, tout prêt à conduire mes contradicteurs, non pas sur le pré, mais dans une de nos grandes fermes normandes où ces appareils sont en vigueur, ils pourront alors, en dégustant le cidre qui leur sera offert, faire amende honorable et reconnaître, en toute franchise, qu'il n'est point de mortel qui ne puisse se tromper.

Fabrication

Vos pommes amenées au pressoir, vous les mettez au fur et à mesure dans un concasseur ou dans un tour de pile. Aussitôt broyées, vous prenez le marc avec la *pelle à marc* et le placez immédiatement sur le pressoir. Cette pelle est en bois, car tout ce qui approche du cidre doit être le moins possible en métal, le fer noircit les fruits et produit le plus mauvais effet.

Autour de la *maie carrée*, c'est-à-dire de là plateforme de votre pressoir, vous laissez environ vingt centimètres d'intervalle entre le lit de marc que vous allez former et le bord extérieur ; autrement dit, si votre maie carrée a par exemple 2 m. 40 de côtés, le premier lit de marc que vous formez, et qui doit servir de base à tous ceux que vous devez asseoir dessus, aura à sa base 2 mètres. Les vingt centimètres qui sont laissés vides ont pour but de favoriser largement l'écoulement du jus lorsque l'on procédera au pressurage.

Ceci dit, au moyen d'une truelle et d'une planchette en bois de 8 à 9 centimètres de hauteur sur 60 de longueur, laquelle est munie d'un petit manche fixé dans le milieu, vous commencez à établir la base de la construction que vous allez élever ; la planchette sert à former le bord des lits et la truelle à égaliser la surface.

Le premier étage étant fait, vous placez dessus quatre petites poignées de *glui* (on a donné ce nom à la plus longue paille de blé débarrassée de la petite par un triage spécial; c'est le glui qui sert encore de nos jours à couvrir une grande partie des maisons dans nos campagnes de la Manche).

Je reprends et je dis : vous prenez quatre petites poignées de glui et vous les égalisez sur la surface de votre lit de marc, commençant par un des côtés et faisant ainsi le tour de manière à former quatre triangles de paille, un par côté, les épis se trouvent ainsi réunis au centre.

Vous devez laisser dépasser les lits de paille d'environ cinq centimètres, de façon à ce qu'ils puissent convenablement maintenir ceux de marc que vous bâtissez dessus.

Cela fait, vous broyez de nouvelles pommes et recommencez l'opération comme il vient d'être indiqué, alternant lit de marc et lit de glui, jusqu'à ce que vous jugiez convenable d'arrêter.

Les lits ont, je le répète, à leur formation huit à neuf centimètres de hauteur (celle de la planchette qui vous sert de guide), quant à la paille, elle ne compte pas, car elle fait de suite corps avec le marc de pommes et ne sert qu'à diviser les pulpes et à assurer ainsi une plus parfaite dessiccation de la masse.

Pour placer vos quatre poignées de gluï sur chaque lit, vous devez observer de commencer toujours par le même côté et de continuer, en suivant la marche adoptée la première fois, afin que, lorsque après avoir pressuré votre cidre pur, vous voulez procéder à la fabrication du *petit* ou boisson, vous puissiez aisément vous y reconnaître et reformer les poignées dans l'ordre qu'elles ont été posées.

Autre remarque : Il est bien entendu que lorsque vous bâtissez un marc sur votre pressoir, vous devez diminuer insensiblement la dimension des lits ; c'est le principe d'équilibre qui régit toute construction ; si vous contrevenez à cette règle fondamentale, vous avez toute chance de voir votre travail s'écrouler, et je vous certifie que, lorsque cet accident se produit, ce n'est pas précisément de l'agrément qu'il vous procure ; néanmoins, avec un peu d'habitude, on arrive très facilement à construire un marc bien équilibré.

Puisque cette brochure est intitulée *Causerie*, il m'est bien permis d'être un peu babillard, c'est pourquoi je vous avouerai qu'il y a une quinzaine d'années j'achetai, à une de nos premières maisons de machines agricoles, un pressoir à cages circulaires d'un assez grand modèle ; je désirais m'en servir dans les contre-années (on appelle ainsi celles où les pommiers ont le grand tort d'oublier de produire ; elles ont la mauvaise habitude de revenir périodique-

ment à peu près tous les deux ans). La première fois
que j'en fis usage, je fus totalement syncopé par
l'effet produit. J'ai vu le siège de Paris ; le 17 jan-
vier, au moment même de l'apparition de la Vierge
à Pontmain dans la Mayenne, avec une indiscrétion
déplorable, un obus prussien éclatait dans ma cham-
bre à Passy où je faisais mes études. Il me faut
avouer que je dois à cette coïncidence providen-
tielle une véritable reconnaissance, car, après avoir
tout pulvérisé jusqu'au lit, l'obus oublia totalement
votre serviteur qui y reposait et qui, quoique suffo-
qué dé duvet, de soufre et de salpêtre, sortit sain et
sauf de ce véritable cataclysme.

Eh bien, permettez-moi cette innocente plaisan-
terie, il n'en fut pas de même du pressoir. A peine
les clefs de pression étaient-elles mises en mouvement
qu'une véritable mitraillade liquide se mit à éclater
de tous côtés ; l'aspersion, bien anodine, n'était pas
dangereuse, mais elle était totalement en dehors du
but attendu et il nous fallut de suite y renoncer.

A l'observation que je fis à la maison de ce déplorable résultat, on me répondit qu'il était nécessaire
de mettre entre les claies de la cage quelques brins de
paille ; je suivis le conseil donné, mais le pressurage
n'en fut pas meilleur. Il y a en effet une chose certaine qui est celle-ci : Jamais vous n'obtiendrez, *en
grandes masses*, une dessiccation avantageuse dans
des cages circulaires ou rectangulaires, le modèle n'y

fait rien ici et, je le dis hautement, si les cultivateurs de la Sarthe avaient, ce qui viendra plus tard, de grandes quantités de pommes à pressurer, il faudrait forcément pour eux adopter notre système de Normandie pour obtenir un résultat satisfaisant; car ce petit modèle à cage rectangulaire, que j'ai vu dans bien des fermes de ce pays, peut être supporté, parce que la quantité des pommes traitées est minime, sans quoi, s'il leur fallait agir sur de grandes quantités, un bon résultat serait impossible.

Sachez bien qu'il est de toute impossibilité d'obtenir, par le système des cages à claire-voie, une bonne dessiccation, quand on opère, comme nous le faisons journellement, sur cinquante et même cent hectolitres; seuls les lits de marc et de paille montés alternativement peuvent donner satisfaction.

Une observation cependant à présenter. Le glui que vous employez ne doit avoir aucune odeur, la paille mal récoltée et sentant le moisi doit être prohibée, car le cidre est peut-être la boisson la plus délicate qui existe et tous les appareils qui servent à sa fabrication doivent être de la plus grande propreté.

Les pommes broyées et le marc monté par lits comme je viens de l'indiquer, si le temps n'est pas à la gelée, vous devez le laisser ainsi sur le pressoir jusqu'au lendemain. Ce laps de temps a pour but de laisser la masse s'asseoir, car un marc de cent hectolitres ou deux cents *rasières*, forme un joli bloc qu'il faut ébranler le moins possible; de plus, les jus contenus dans les pulpes se mélangent encore plus intimement et le cidre que l'on obtient y gagne encore en qualité.

Le lendemain donc vous commencez à serrer; faites-le lentement, on ne fait que de mauvaise besogne lorsque l'on veut trop se hâter, et entonnez de suite dans les fûts.

Un usage excellent consiste à mettre au *bérot* (on appelle ainsi, dans le patois du pays, l'ouverture faite au pressoir, par laquelle le cidre s'écoule) un panier commun fait avec de l'osier, il sert à retenir les pulpes et les peu grosses impuretés qui pourraient être entraînées lors du pressurage par les jus. Deux jours suffisent pour serrer convenablement; cette opération terminée, vous relevez le mouton et procédez à la démolition de votre marc; vous devez le faire couche par couche, relevant les poignées de paille dans l'ordre que vous les aviez placées, car elles vont resservir pour fabriquer le petit cidre; quand aux pommes pressurées, vous les levez en galettes, par rangs, et les mettez à macérer dans des cuves.

Un mot vous a peut-être frappé dans cette dernière phrase quand je dis que l'on relève le *mouton,* aussi certaines personnes pourraient se demander quel peut être l'utilité de cet animal dans la fabrication du cidre.

On appelle *mouton* dans tout pressoir la pièce de bois qui se trouve à la partie supérieure, c'est celle que l'on abaisse ou que l'on élève suivant que l'on veut presser ou desserrer; elle correspond à une autre pièce, également de bois, qui se trouve sous la maie carrée et que l'on appelle *brebis*. C'est donc entre le mouton et la brebis que se trouve placé le marc, et c'est par l'abaissement du mouton sur la brebis qu'est produite la pression demandée.

Pourquoi, me direz-vous, a-t-on donné à cette poutre qui remplit un rôle actif et des plus vigoureux le nom du doux et complètement inoffensif mouton, plutôt que celui de *bélier* qui semble tout naturel? Mystère... mais soyez persuadé que la zootechnie, du moins en Normandie, n'a pas été consultée.

Revenons-en bien vite, non pas à nos moutons, mais au cidre. Nous avons dit que le marc pressuré une première fois était mis à *tremper* dans des cuves; c'est le terme consacré et il est certain qu'il est vrai car, comme habituellement on met 900 litres d'eau pour un marc de 100 hectolitres, on pourrait être *trempé* à moins.

Certains propriétaires passent les pommes pressurées de suite dans le concasseur avant de les faire macérer; pour ma part, je commençais par la macération et, 24 heures environ après, je procédais au second broyage. Dire la meilleure des deux méthodes est impossible, elles se valent toutes deux, d'autant plus que votre rémiage monté, comme la première fois vous attendez le lendemain pour procéder au pressurage.

Ne vous effarouchez pas du mot *rémiage* dont je viens de me servir, c'est encore expression de pays qui signifie : Traiter les pommes pressurées, par l'eau, pour obtenir le cidre de boisson.

Je le répète, dans cette deuxième opération du rémiage, vous remontez votre édifice comme la première fois, alternant lits de marc et lits de paille ; mais, s'il faut environ quatre hommes et deux femmes pour le construire la première fois à cause du concassage des pommes, il en faut moitié moins la seconde. Vous obtenez ensuite par la pression un cidre fort agréable pour les repas.

Dans les années de pénurie, on recommence une troisième fois l'opération et l'on obtient ce que l'on appelle de l'*eau coupée ;* elle remplace celle que l'on emploie pour le rémiage et on peut alors en mettre davantage puisqu'elle a déjà un léger goût de pomme.

Voici donc expliqué le plus brièvement possible le trois phases de la fabrication du cidre ; un dernier détail cependant qui doit toujours terminer l'une ou l'autre des opérations : Si l'année est assez abondante et que l'eau coupée soit inutile, après avoir serré le rémiage, c'est-à-dire le cidre de boisson, on le *retaille*, autrement dit on coupe les parois des quatre

faces qui ont subi moins de pression que le milieu.
On se sert pour cette opération d'un instrument
appelé *couteau à marc;* c'est une grande lame un
peu recourbée qui ferait mourir de joie un garde
champêtre s'il lui était permis de ceindre un pareil
coupe-choux. Le retaillage se fait comme je viens de
le dire sur les quatre faces, perpendiculairement bien
entendu, et sur 6 centimètres environ d'épaisseur.
Cela fait, vous placez ces débris de marc sur le haut
et vous pressez de nouveau jusqu'à complète dessiccation.

Le pressurage terminé, vous relevez définitivement le mouton et armé de votre gigantesque couteau,
vous découpez le marc, mis à sec par la pression,
et le mettez définitivement dehors afin de faire place
à celui qui doit lui succéder.

Un dernier mot : Si vous voulez obtenir du petit
cidre d'une force plus considérable, vous n'avez qu'à
employer, au lieu d'eau pour le pressurage qui
suivra, le rémiage ou petit cidre que vous avez
obtenu. Quand il aura passé dans 200 hectolitres de
pommes, je vous certifie qu'il sera fort et amer et
que, tout comme le pur, il pourra fort bien provo-
quer une légère ébriété.

Après ce long et fastidieux article de *fabrication,*
je crois vous entendre, cher lecteur, pousser un soupir de soulagement; le fait est que le mot *marc,*
revenant à peu près à chaque ligne, doit maintenant

vous causer un véritable cauchemar ; que le *rémiagë*
vous agace et que l'*eau coupée*, toute faible qu'elle
soit, vous fait presque monter la moutarde au nez.
Il faut cependant pardonner au malheureux auteur,
l'ennui bien involontaire qu'il vous a causé, car il a
eu tout autant de peine à le composer que vous avez
bien voulu mettre de bienveillance à le lire. C'est
donc lui aussi qui pousse un soupir de soulagement
en voyant terminée cette tâche ingrate, remplie de
mots techniques, et sa seule consolation consiste dans
l'espoir que vous avez pu comprendre l'affreux langage
qu'il vous a tenu et qui est cependant le résumé de la
fabrication d'une des plus saines boissons que Dieu ait
données à l'homme.

Le Froid

Je vous ai fait observer, en causant de la maturité
des pommes, qu'il était préférable que celles-ci soient
un peu mordues par la gelée que de les concasser
trop vertes ; mais il y a aussi, dans la fabrication du
cidre, un point essentiel à observer et qui est celui-ci :
Que ce soit le besoin de boisson qui vous commande ou que ce soit vos fruits qui ne puissent attendre, si, en un mot, vous vous trouvez dans
la nécessité de *piler* par la gelée, il est indipensable
de prendre certaines précautions. Lorsqu'un vent

glacial règne dans la journée que vous opérez, fermez autant que possible toutes les portes ; si la chose se peut, adoucissez par un brasier le froid de l'appartement et si, malgré toutes ces précautions, vous vous apercevez qu'au bout de quelques lits montés le marc commence à geler, abaissez vite le mouton dessus et serrez vigoureusement, le danger est évité et vous pouvez continuer ensuite l'opération.

Je me souviens, c'était en 1879, l'année du grand hiver, espérant dans un changement de température pour le lendemain, je laissai bénévolement un marc de 100 hectolitres sur le pressoir. Je ne suis pas astronome, je l'avoue en toute humilité, car la nuit même, une recrudescence de froid se produisit, aussi le matin venu, je pus contempler tristement un magnifique bloc de marc glacé.

La gelée continua quelques jours encore, et ce ne fut que trois semaines après que la fabrication put reprendre son cours ; de là, perte de temps et en plus mauvaise qualité de la marchandise ; car je dois vous en prévenir à l'avance : Si vous ne possédez dans votre cave que du cidre ayant gelé au moment de sa fabrication, vous pouvez, sans aucun regret, vous dispenser de le présenter à un concours ; son aspect et son goût refroidiraient à l'instant le Jury et c'est avec un ensemble remarquable qu'il renverrait fûts et bouteilles à la cave qu'ils n'auraient jamais dû quitter.

Celliers

Il ne faut pas se figurer que le nom de *Cave*, que nous employons souvent pour désigner l'endroit où sont placés nos fûts, indique un endroit souterrain. Nous entendons par cette appellation un *cellier* fort vaste, situé au rez-de-chaussé, et dans lequel sont rangés par lignes les tonneaux que possède une exploitation. Du moment que ce bâtiment possède un plancher en dessus, crainte de la trop grande chaleur pour l'été, et qu'il est bien clos en hiver, il est parfaitement convenable.

Je ne saurais trop m'élever cependant contre une pratique détestable que j'ai constatée maintes et maintes fois dans nos campagnes et qui consiste à placer les fûts dont on est embarrassé dans les écuries ou dans les étables.

J'ai déjà vu et entendu bien des choses, mais on ne m'a jamais appris qu'on ait obtenu de bons résultats en soumettant le cidre à l'odeur des purins et à la transpiration des bestiaux. Vous manquez de place, soit, cela peut arriver dans une année d'abondance, mais que diable, il y a bien un petit endroit dans les batteries de vos granges, et celles-ci au moins ne sentent pas l'urine !

Tonneaux

Attention ici, ce n'est pas une petite question que celle des fûts, et elle réclame toute notre sollicitude. Je crois avoir déjà dit que les tonneaux que nous possédons dans la Manche, aux environs de Saint-Lô, ont une contenance de 13 à 1400 litres (650 à 700 pots). Le pot est le terme usuel employé et, sans être un Archimède, chacun a compris qu'il représente 2 litres. Dans cette région, on compte par pots, on boit par pots, on paie par pots, en un mot tout est pots.... quand il s'agit de cidre ; et chacun sait que ce dernier, avec le beurre et les bestiaux, constitue le grand commerce de la Basse-Normandie.

Le tonneau de 1400 litres a 2 mètres de long contre 93 à 95 centimètres de diamètre dans chacune de ses faces : la principale de ces dernières, c'est-à-dire celle par laquelle doit être soutiré le cidre se compose de 5 morceaux, savoir : la *maîtresse-pièce* qui forme le milieu, les *esselliers* qui lui sont adhérents et enfin les 2 *cantets* qui terminenent la circonférence. C'est dans la maîtresse pièce qu'est pratiquée la porte ou *vicquet* par laquelle entre la personne qui doit laver le tonneau. Nous n'avons pas l'habitude de délier nos fûts pour les nettoyer ; entrer dans l'intérieur est préférable, car on abîme beaucoup moins les cercles qui les lient et qui, répartis en 4 *troches* de 6, sont au nombre de 24.

Bien entendu que pour se couler dans l'intérieur, par l'étroite ouverture, il ne faut être ni un colosse, ni lauréat d'un concours d'embonpoint, mais enfin les jeunes gens y entrent facilement ; alors, armé d'un fort balai de bouleau, ils nettoient à fond, avec l'eau qui leur est donnée, l'intérieur du tonneau. Opération essentielle à laquelle on ne saurait apporter trop de soin ; car, sans elle, toute bonne fabrication est impossible. Le cidre est une des boissons les plus délicates, il prend de suite le mauvais goût que possède le fût dans lequel on le renferme.

Un tonneau neuf de 650 à 700 pots vaut de 100 à 120 francs ; dans une bonne cave, pas humide, sa durée, s'il n'est pas trop cahoté par les transports, atteint au moins le siècle ; c'est un véritable meuble de famille.

Outre ces fûts qui servent au commerce, les fermes possèdent des tonnes de plus grandes dimensions, 4,8,10,000 litres, qui servent à la boisson courante du personnel. Vous êtes encore loin, me direz-vous, du foudre Mercier de l'Exposition ; je l'avoue en toute humilité, mais le Normand ne saurait que devenir avec les 200,000 bouteilles que contient ce foudre champenois, il se contente de ses tonnes qui, toutes modestes qu'elles soient, présentent déjà un aspect respectable.

C'est qu'il y a un dicton, qui a cours dans la Manche, qui dit ceci : Plus la marée est grande (terme un peu maritime qui peut être permis à ce département), autrement dit plus la quantité de liquide est considérable, plus le cidre aura de conservation et de qualité.

Figurez-vous bien en effet que la chaleur a beaucoup plus de prise sur une modeste barrique que sur un fût comme les nôtres qui en contient six. La masse a donc bien moins de tendance à s'aigrir et sa parfaite conservation est assurée. On ne saurait donc trop engager les cultivateurs à se procurer les tonneaux les plus grands possible ; et la majorité des fermes de la Sarthe auraient grand avantage à délaisser cette armée de petites barriques que j'ai maintes fois observée dans les caves et à la remplacer peu à peu par un petit bataillon de gros fûts.

Manipulation

Le cidre, une fois dans les tonneaux, se met à bouillir, dès le deuxième jour, quand le temps est chaud. A ce propos, je recommande d'agir de la manière suivante : Pour ne pas perdre trop de liquide, ce qui arriverait infailliblement par suite de la fermentation tumultueuse, faites autour de la *bonde,* c'est-à-dire de l'ouverture qui se trouve au milieu et au-dessus de tonneau, un bourrelet en

argile assez élevé. Bien des impuretés sont rejetées de l'intérieur du fût ; vous les enlevez de
temps à autre ; mais le cidre, grâce au bourrelet
d'argile, ne s'écoule pas à l'extérieur. Vous devez, bien
entendu, combler, de temps en temps par de nouveau
cidre, la place laissée vide par les impuretés que
le tonneau a rejetées.

Quand le cidre est clair, ce qui arrive parfois au
bout d'une quinzaine de jours, vous le *dépotez,*
autrement dit le transvasez dans un autre fût ; c'est
dans ce dernier que le cidre *pare,* c'est-à-dire
acquiert, par la fermentation, le piquant et l'arome
qui en font sa valeur. Plus un cidre fermente lentement, meilleur il est ; s'il faut six mois, un an
même, comme pour de certaines espèces, tant mieux ;
mais aussi la cave doit toujours être fraîche ; jamais
chauffée l'hiver, jamais ouverte l'été, si ce n'est pour
l'aérer.

Je me souviens d'avoir vu, on lit des bêtises à tout
âge, que certains auteurs prétendent que, lorsque
le cidre entre en fermentation, il faut fouetter le
liquide au moyen d'une poignée de verges !....
Ventre-Saint-Gris, ils sont de bien maussade humeur
ces gens-là ; si c'était encore pour coller une pièce de
vin avec des blancs d'œufs, j'admettrais la chose ;
mais du cidre en tonne !.... c'est d'un vrai comique.
Croyez-moi, laissez-le tranquille, il est assez sage pour
se conduire lui-même et, pur ou baptisé, il saura

bien, sans le secours d'aucune correction, rejeter seul par la bonde une partie des impuretés qu'il contient. Pensez d'ailleurs à la grandeur du balai qui serait nécessaire pour fouetter une masse de 10,000 litres ; s'il pouvait entrer par la bonde, un *arbre de la liberté* y suffirait à peine. Croyez-moi, je le répète, laissez agir la nature ; la loi divine qui régit tout en ce monde a également tout prévu ; et vous pouvez, sans crainte, laisser de côté ces élucubrations que le 1er avril a pu seul mettre au jour.

Cet avis, tout abracadabrant qu'il soit, m'amène tout naturellement à vous entretenir du sucrage et des fermentations.

Sucrage et Fermentations

Bien souvent des cultivateurs sont venus me demander à quel moment on doit procéder au sucrage du cidre quand leur faiblesse, dans une année de pénurie, rend malheureusement cette adjonction obligatoire.

Cette question me donne l'occasion de dire quelques mots des fermentations.

On en reconnaît trois principales :

La fermentation alcoolique.

La fermentation acide.

La fermentation putride.

La première est produite par la transformation du

sucre en alcool, soit que l'opération se passe naturellement, soit qu'on ait recours à un ferment.

Or, tout cidre fabriqué avec des pommes arrivées
à complète maturité, par suite des principes saccha-
rins contenus dans les jus obtenus, entre de lui-
même en fermentation, lorsqu'il en a la force, sans
recourir à aucun agent étranger.

Quand le liquide est riche en principes sucrés, on
peut facilement attendre, comme nous le faisions
jadis pour nos cidres de concours, que le plus fort travail se soit produit ; remarquez que je parle ici des
cidres de concours que l'on a l'habitude de sucrer ; du
reste nous y reviendrons plus tard. Pour ceux de la
consommation courante, la chose est inutile ; à moins
que ce ne soit dans une année de pénurie, où l'on
est obligé d'ajouter une grande quantité d'eau, le
sucrage peut alors devenir nécessaire pour aider à la
conservation et on doit le faire de suite, après le
pressurage, aussitôt le jus dans les tonneaux. Le
sucre ajouté à la masse, grâce à la fermentation, se
transforme en alcool et, par le fait même, le liquide
peut se conserver.

La fermentation acide est celle qui se produit
fatalement en pressurant des pommes trop vertes ou
en employant des fruits aigres ; elle est également
produite par l'oxydation de l'alcool. Ceci peut paraî-
tre baroque, c'est cependant vrai. De même que le
fer, exposé à l'air, se rouille, autrement dit s'oxyde,

de même un liquide alcoolique, soumis à l'influence atmosphérique, s'acidifie et tourne au vinaigre.

En conséquence, si vous en désirez, vous avez deux moyens à votre disposition : écraser vos fruits verts ou laisser vos boissons à l'air, le résultat sera identique; d'une part et d'autre, les liquides aigriront.

Mais ce n'est pas tout.

La troisième fermentation se présente et c'est la plus terrible ; c'est celle qu'en terme chimique on appelle putride ; le titre seul dit ce qu'elle est.

Elle se produit lors de la décomposition des végétaux.

Ainsi, dans une année comme la présente, dans laquelle les cultivateurs, ceux du moins qui ont pu se procurer des pommes, ont fabriqué du cidre que les grenouilles pourraient boire sans être incommodées, vous pouvez être certain que les fabricants de ces liquides, par trop aquatiques, seront obligés de les consommer de suite, autrement la chaleur les décomposerait. Et, outre la perte du contenu, ils auraient plus tard à déplorer celle des fûts ; c'est pourquoi, dans une année de pénurie, nous conseillons avec instance le sucrage des cidres trop faibles qui, sans alcool, ne peuvent se conserver.

Cette odeur et ce goût peu odorants, résultat de la fermentation putride, que le Normand a caractérisé d'un nom particulier, celui de *culotte*, glissons..... n'appuyons pas, est le plus désastreux de tous. On peut en effet boire du cidre faible, cela lave l'intérieur; on peut en absorber d'un peu aigre, quoiqu'il puisse occasionner des maux d'estomac; mais de celui qui sent..... inutile d'insister, ce n'est pas possible.

A ce propos, je mentionne de nouveau ici que, lorsque les fûts sont vides, si vous laissez la lie à l'air sans les nettoyer, cette troisième fermentation se produira fatalement. Vous aurez beau alors essayer de tous les moyens, brosser, laver, mécher, etc, rien n'y fera. Ce goût s'incorpore dans le bois, et le liquide que vous introduirez dans vos barriques l'aura fatalement; et plus le liquide sera fort, plus l'odeur sera prononcée.

Je me rappelle à ce sujet qu'un de mes braves conseillers, excellent cultivateur, me disait jadis en me montrant un tonneau atteint de ce délicieux parfum :

— Monsieur le Maire, je vous certifie que je le ferai bouillir et vous me direz des nouvelles de l'eau-de-vie.

J'eus beau lui certifier que c'était de l'argent perdu, rien n'y fit.

Passant un mois après dans sa ferme, ma première question fut de lui demander des nouvelles de sa distillation.

— Ma foi, me dit-il piteusement, c'en est.

— De quoi ?

— Eh bien ! de... de ce qui porte bonheur quand on marche dedans.

L'eau de vie avait en effet le charmant parfum que l'on rencontre dans le fromage de Marolles.

Conséquences ;

— Sucrez vos liquides trop faibles.

— N'employez jamais autant que possible de fruits aigres.

— Laissez vos pommes mûrir.

— Appropriez enfin vos fûts ; car souvenez-vous qu'en toute chose, si la propreté est une qualité qui devrait toujours exister, la saleté est un vice que l'on rencontre trop souvent.

Il est en effet un autre goût qui est peut-être plus détestable encore que le précédent ; le premier infecte, c'est vrai, mais le second écœure, je veux parler du goût de *mûcre*, autrement dit de moisi ; on peut bien dire de celui-là qu'il est le fait de la naïveté.

J'ai vu en effet de bons cultivateurs qui lavaient consciencieusement leurs tonneaux et qui, l'opération terminée, remettaient bravement la porte du fût et le bondaient comme s'il était plein. Une affreuse odeur de moisi ne tardait pas à se développer, et il était facile d'augurer de suite le triste goût que prendrait le cidre que l'on confierait à un tel fût.

N'oubliez donc jamais que, une fois vos tonneaux lavés, vous devez leur laisser, comme l'on dit en Normandie, la *goule ouverte;* l'eau qui séjourne dans l'intérieur doit s'égoutter d'elle-même et l'air doit librement circuler de tous côtés, autrement l'eau croupit, le goût de mûcre se développe et vous perdez ainsi boisson et fûtaille.

Je le répète, tous ces mauvais cidres sont le fait de l'incurie; certains peuvent avoir un goût de terroir aigre ou peu agréable, je l'admets, en ayant maintes fois dégusté; mais ils n'ont jamais celui de culotte ni de mûcre; aussi quand, entrant dans une maison, vous sentez venir de la table le doux parfum de la vidange ou l'écœurante odeur de catacombes, vous pouvez dire sans crainte au maître du logis : La propreté est une belle fleur, mon cher ami, vous feriez bien de la cultiver dans votre ferme.

Bondage des fûts

Ne cherchez pas dans le dictionnaire le mot *bondage*, il n'est pas français paraît-il; mais, comme je suis certain d'être compris de tous, je me suis permis cette légère entorse à la langue, persuadé d'avance que l'Académie voudra bien me la pardonner.

La manière de bonder un grand fût n'est pas indifférente; je connais certain pays (pas en Normandie), où la méthode de bouchage consiste à verser par la bonde une certaine quantité d'huile d'œillette pour empêcher au liquide tout contact avec l'air. Inutile de dire, n'est-ce pas, que je trouve ce procédé absurde. Songez donc à la quantité qu'il en faudrait pour nos grandes tonnes; une feuillette n'y suffirait pas; et puis si, le tonneau vide, vous allez un beau soir au lieu de cidre soutirer de l'huile!... comme médecine le résultat serait peut-être satisfaisant, mais comme désaltérant, il laisserait fort à désirer.

Assez plaisanté et n'imitons pas cette contrée; que tous les cultivateurs bondent leurs fûts de la manière suivante; quand la plus forte fermentation est terminée, on remplit exactement les tonneaux, on place alors sur l'ouverture de la bonde un petit carré de linge; sur ce dernier, vous versez une pelletée de cendre, et, au moyen d'un marteau ou de tout autre objet, vous frappez légèrement pour la faire entrer dans l'orifice du trou. Le cidre forme alors avec la cendre contenue dans le linge une sorte de mastic qui garantit complètement le premier de tout contact avec l'air extérieur; le grand avantage est que ce mode de bouchage est parfait et ne coûte rien.

Il faut avoir grand soin, surtout si la fermentation n'est pas tout à fait terminée, de soutirer quelques litres de liquide pour laisser, dans l'intérieur du tonneau, un peu d'espace libre à la surface de ce dernier. Nous retirons habituellement sur les grands fûts deux ou trois brocs, soit 28 à 42 litres. Ceci est d'ailleurs une affaire d'appréciation et le cultivateur est seul juge de la quantité qu'il croit nécessaire de retirer de la masse.

Observations diverses

Plusieurs personnes prétendent que lorsqu'on met en perce un grand fût, on doit placer le robinet au milieu pour ne pas ébranler toute la masse ; pour ma part, je n'en vois pas la nécessité ; nous mettons les nôtres au bas du tonneau et je ne me suis jamais aperçu que le cidre s'en soit plus mal porté.

Il est certain que quand le fût touche à la fin, le cidre n'a plus la même qualité que le jour où a été posée la *champelure,* on ne peut pas être et avoir été ; il prend alors le goût de *bas* autrement dit de *plat,* c'est-à-dire que son fumet a disparu. Frappante image encore de la loi naturelle ; la vigueur et la force sont en effet en tout l'apanage de la jeunesse, tandis que la vieillesse a pour elle la faiblesse et l'impuissance.

Nous ne pouvons ici encore que nous incliner devant la Volonté puissante qui a tout réglé, quitte à déplorer l'épuisement de notre tonneau, surtout si le contenu était bon.

Un honorable propriétaire de l'Aisne m'écrivait qu'il n'aimait pas le cidre sans eau, parce qu'il n'était pas aussi limpide que l'autre et que c'était pour lui une grande qualité. Je ne sais comment il le fabrique, mais je puis certifier que le cidre pur est aussi limpide que l'autre ; à moins que la remarque qui m'était faite n'ait en vue la couleur ; dans ce cas, je l'admets, elle est plus foncée. Je le répète encore une fois, le petit cidre est plus sain en mangeant, on peut (sans inconvénient), en boire à sa soif ; mais, dans tout autre cas, pour en offrir à des amis, pour faire sauter les bouchons, vive le gros !.... C'est le roi des cidres quand il est bien fait et de bon cru.

Le conseil d'un bon fermier

Lorsque vous fabriquez du cidre, il faut toujours prendre vos précautions pour l'année suivante, car, quoi qu'en disent certains théoriciens, les récoltes consécutives sont rares ; ils auront beau vous corner aux oreilles que si vous n'avez pas de pommes tous les ans c'est que vous cassez les bourgeons en les gaulant, croyez cela et buvez de l'eau quand la récolte manque. Cette théorie est fausse, car j'ai maintes fois observé des espèces tendres, dont les fruits se détachaient naturellement des arbres, et qui, un an après, étaient aussi nulles comme produits que celles qui avaient nécessité l'emploi de la gaule.

Je suis déjà loin de mon point de départ, j'y reviens et vous dis : lorsque vous faites du cidre pour deux ans et même plus, il faut avoir soin de ne pas tomber dans le travers de certaines personnes qui le font tout pareil. Le cidre destiné à la consommation future doit être plus fort que celui qui sera bu l'année même. Ainsi du cidre fait avec 20 hectolitres de pommes pour un de nos tonneaux sera tout aussi fort la première année que celui de 30 hectolitres destiné à l'an d'après. Il est bien entendu que pour avoir du cidre de *parfaite garde*, c'est-à-dire résistant à l'action des ans, il n'y a que le *pur* qui puisse y parvenir.

Emploi des lies

Les lies dans la fabrication du cidre ne sont pas une quantité négligeable, elles ont même une très bonne utilité.

Au fur et à mesure que vous *éliez* vos tonneaux, c'est-à-dire que par le dépotage vous soutirez vos cidres clarifiés dans d'autres fûts, il reste forcément au fond des tonnes une certaine quantité de lie. Vous les recueillez successivement et les mettez dans un tonneau spécial. L'opération des soutirages terminée, vous soumettez simplement les lies récoltées à la distillation.

Dire que l'eau-de-vie que vous obtenez est aussi bonne que celle produite par le cidre pur, c'est faux; elle sera toujours plus rude, plus *brutale*, suivant une expression de terroir ; mais enfin c'est de l'eau-de-vie et, comme elle est fabriquée avec des lies de bon cidre, elle n'est tout de même pas mauvaise ; laissez-la un peu vieillir, elle deviendra agréable et sera toujours préférable aux *cognacs* de grains, pommes de terre et autres tord-boyaux dont on empoisonne la génération actuelle.

Puisque je parlais en commençant de l'*éliage* (expression locale qui signifie, je le répète, soutirage), j'avais oublié de vous dire qu'il ne fallait jamais attendre que le cidre soit fermenté pour procéder à cette opération. Aussitôt le cidre clair, vous soutirez et la fermentation s'achève dans le nouveau fût.

Vous ne devez jamais, à moins d'un cas pressant, comme celui d'un tonneau qui viendrait à couler, changer de fût un cidre dont la fermentation est terminée, car le contact de l'air peut le noircir ; on dit alors *qu'il se tue;* et il est très longtemps à se refaire, encore faut-il que ce soit dans un grand fût, car en barrique il serait perdu.

Coloration du cidre

La coloration du cidre est une affaire de goût. Trop foncé, il choque la vue, c'est pourquoi il ne faut jamais colorer les cidres purs ; mais, quand il est si petit, si petit, qu'il ressemble à de l'eau légèrement jaunie, je trouve qu'un peu de colorant ne nuit pas ; cela flatte davantage le regard et, si le goût y trouve une supercherie, la vue au moins est satisfaite.

En fait de colorant, je n'en connais qu'un que j'emploie en le fabriquant moi-même ; c'est tout bonnement du *caramel* que l'on dissout dans de l'eau. Chacun sait comment l'apprêter, il ne faut pas être sorcier pour faire fondre à sec, dans une casserole, du sucre sur le feu ; le premier gamin venu peut en faire autant. Il ne doit pas cependant le laisser brûler outre mesure et vous devez arrêter la cuisson quand elle a pris une belle nuance brun foncé.

Vous prenez alors de ce caramel liquide que vous avez dissous dans de l'eau, vous l'incorporez, au moyen d'un entonnoir, dans vos fûts ; et, armé d'un modeste manche à balai que vous introduisez par la bonde, vous agitez vigoureusement la masse. Cela fait, tout est dit.

Le caramel ainsi ajouté au cidre lui communique, outre la couleur, une légère amertume qui n'a rien de désagréable.

Eau

Avant de vous entretenir du cidre mousseux lequel, en vrai païen, fait fi du baptême, je dois vous présenter à propos de l'eau qui sert à la fabrication du cidre quelques petites observations.

Vous ne devez en aucun cas vous servir d'eau chaude ; les pommes n'ont pas besoin d'être cuites, pas plus que les jus n'ont besoin de leur côté de ce supplément de calorique pour entrer en fermentation ; et, du moment que vous n'en versez pas une inondation sur vos pommes, le petit cidre que vous obtiendrez par le pressurage saura bien seul se mettre à bouillir.

Toute eau, du moment qu'elle est propre et potable, est bonne ; la meilleure est sans contredit celle de pluie comme moins chargée de substances étrangères ; mais, comme bien entendu on n'en a pas toujours à sa disposition, on prend celle qui est le plus à sa portée.

N'allez pas cependant vous aviser de faire usage d'une eau de marc dans laquelle les canards prennent leurs ébats et où les bestiaux font leurs déjections.

Que de fois pourtant ne m'a-t-on pas fait cette observation : Nos bestiaux la boivent bien et d'ailleurs, en bouillant, le cidre rejette toutes les saletés.

Nos bestiaux la boivent, parbleu, ce n'est pas malin à deviner, c'est parce que vous ne leur en présentez pas d'autre et que, pour ne pas crever de soif, ils sont bien obligés de s'en contenter ; mais, mettez-les donc à même de s'abreuver d'eau pure et vous verrez

quelle sera celle qui aura leur préférence. Quant à
ce que vous me dites concernant la fermentation, cela
est faux ; je veux bien admettre qu'une partie des
impuretés soient rejetées, mais les microbes dange-
reux et les sels qui se trouvent en dissolution dans
votre eau resteront, n'en doutez pas, dans le cidre, et
vous n'aurez, en agissant ainsi, qu'une boisson détestable et parfaitement malsaine.

N'oubliez pas ce que j'ai déjà dit pour les fûts où
la propreté doit être une règle absolue ; il en est de
même pour l'eau. Le cidre est peut-être une des
boissons les plus délicates qui existe ; si vous accor-
dez tous vos soins à sa fabrication, il répondra aux
peines que vous vous serez données et sera excellent ;
si vous le négligez, il fera de même et vous n'aurez
qu'à vous accuser vous-même de la mauvaise drogue
que vous aurez produite.

Cidre mousseux

Arrivons maintenant au cidre mousseux, vrai
champagne normand, inférieur je l'admets au Cliquot
et au Rœderer, mais aussi infiniment moins cher ; et
qui, d'autre part, est bien préférable, je le dis hautement, à ces espèces de piquettes gazeuses qui n'ont
du champagne que le titre pompeux.

D'un autre côté, j'admets également qu'une jolie
bouteille, accompagnée d'une charmante étiquette :

« *Cidre mousseux* », *Champagne Normand* », etc.; est très alléchante ; mais le rustique cruchon dont on connaît la valeur du contenu, a pour moi tout autant d'attrait. Les deux sont d'ailleurs fort bien reçus dans les concours.

Le cidre que l'on met en bouteilles peut être pur ou *mouillé,* c'est-à-dire contenant une certaine quantité d'eau. Le premier c'est du casse-tête; le second forme une boisson pétillante des plus rafraîchissante.

Les bouteilles que l'on emploie peuvent être de terre ou de verre ; ces dernières doivent être très solides et seules les bouteilles à champagne peuvent résister à la pression. Pour ma part je préfère les bouteilles blanches en grès dont la pâte est très serrée, il me semble que le cidre y est meilleur. Je ne vous donne pas mon opinion comme article de foi, vous êtes bien libre d'en penser ce que vous voudrez, je me contente de vous indiquer ma préférence qui n'est d'ailleurs qu'une affaire de goût, je dirai presque de préjugé ; chacun est d'ailleurs parfaitement libre d'agir à sa guise, comme aussi tout le monde peut mettre du cidre en bouteilles, il n'est pas nécessaire d'avoir inventé la poudre pour cela ; voici d'ailleurs la manière d'opérer.

Lorsque vous possédez plusieurs tonneaux de gros cidre, vous devez choisir le meilleur pour vos cruchons ; jamais il ne sera trop bon. Il faut qu'il soit absolument limpide, ce qui arrive plusieurs semaines après l'époque de la *pilaison*. Je sais que certains lauréats, pour aider à la clarification, font usage du *cachou*, c'est une substance résineuse et astringente que l'on extrait de l'arbre de ce nom qui croît dans les Indes ; cet arbre, de la tribu des Mimosées, est une espèce d'acacia. Ils dissolvent donc le cachou dans un sceau de cidre et le versent dans le tonneau par la bonde. Je n'ai jamais eu recours à ce procédé de collage, ayant toujours eu du cidre de première limpidité. Outre que le liquide doit être parfaitement clair, il faut qu'il soit encore doux, car s'il était *paré,* c'est-à-dire tout à fait fermenté, cela serait peine perdue vu que c'est la fermentation qui, se continuant dans la bouteille, fera plus tard sauter le bouchon.

Je sais que beaucoup de *fabricants,* et j'entends ici ce mot dans toute son acception et ne prétends pas désigner les producteurs, mais bien ceux qui *fabriquent* artificiellement ce qu'on est convenu malheureusement d'appeler du cidre dans les grands centres, boisson qui ressemble autant au nectar de la Normandie que la vulgaire composition de vin sec aux grands crus du Bordelais. Je disais donc que beaucoup de *fabricants* riront de mon procédé et diront : « Il n'est pas nécessaire que le cidre soit doux, nous faisons bien sans cela sauter les bou-chons. » Farceurs! comme si l'on ne connaissait pas leur manière d'opérer en utilisant les produits chimiques. Mais ici, dans cette causerie, je parle en producteur qui pendant vingt ans a fabriqué les cidres de concours ; or, je n'ai jamais recouru à l'emploi de ces délicieux produits de la science qui ont l'avantage inappréciable de fatiguer l'estomac en lui procurant une digestion factice ; j'indique le procédé normal, et je puis certifier qu'il m'a toujours réussi.

Je n'ignore pas qu'avec un mélange de bi-carbonate de soude et d'acide tartrique, on peut faire sauter tout liquide ; l'acide carbonique, produit par là réaction, donne à la boisson le pétillant demandé ; mais, sachez-le bien, pour le cidre et le cidre de concours surtout, il n'y a de vraiment bon que celui qui *pétille* par sa propre fermentation ; il a l'avantage de posséder tout son fumet, ce qui est inappréciable.

Permettez-moi d'ailleurs une petite digression tout hygiénique. N'abusez jamais de boissons mousseuses, l'excès d'acide carbonique qu'elles contiennent délabre toujours l'estomac.

L'organisme humain a besoin de fonctionner, si vous supprimez à un de ses rouages l'activité dont il a besoin, il devient paresseux ; et si plus tard vous ne pouvez lui donner le régime auquel vous l'avez imprudemment accoutumé, le fonctionnement se ralentit et l'organisme entier est en souffrance.

Nos pères, qui ne connaissaient pas les magnifiques procédés actuels, se portaient comme des cèdres; la maladie leur était à peu près inconnue, et le cidre ordinaire les menait lentement vers la tombe que les ans accumulés sur leur tête rapprochait de ce terme fatal.

Aujourd'hui, pour flatter le palais, il n'est rien que l'on n'invente ; mais souvenez-vous cependant que, s'il est parfois agréable d'user de ces boissons délicieuses, il est également sage de savoir s'en abstenir. Que l'occasion s'en présente, pour un dîner, pour célébrer un succès ou fêter un ami, versez alors largement le cidre mousseux, c'est le grand vin normand et comme le champagne, son aîné, il met la joie au cœur, mais n'en faites pas votre ordinaire; l'organisme, je le répète, se fatiguerait et les crampes d'estomac feraient leur pénible apparition. Croyez-en mon expérience, j'ai failli en être victime; restez-en au cidre non mousseux, c'est celui de nos ancêtres et c'est le seul qui puisse nous conduire, comme eux et sans souffrances, à de longs jours !...

Cidre mousseux de concours

Vous avez donc choisi votre meilleur tonneau, celui dont le bouquet est le plus agréable; il contient 700 pots comme les autres. Vous ajoutez à la masse environ 14 litres d'eau-de-vie de cidre, c'est-à-dire un centième, elle doit au moins avoir de 3 à 4 ans de fût, autrement dit ne plus posséder le goût de celle qui vient d'être distillée. Cette adjonction a pour but d'augmenter la force, vous laissez alors le tout se mélanger pendant une huitaine de jours. Ce laps de temps écoulé, vous pouvez procéder à la mise en bouteilles ; et, à cet effet, vous placez le robinet au milieu du tonneau, il faut que le cidre soit absolument limpide ; et, le soutirant par le bas, il pourrait se rencontrer quelques impuretés.

Cela fait, vous préparez un sirop bien concentré de sucre candi et, dans chaque bouteille que vous emplissez, vous en versez la valeur d'une cuillerée ordinaire.

J'ai connu certains propriétaires qui mélangeaient le sirop à la masse avant la mise en bouteille ; j'ai toujours préféré, pour ma part, en faire l'addition à la bouteille même.

Vous ne devez pas bien entendu, au lieu de sirop, y introduire un morceau de sucre candi non fondu, car chacun sait que ce sucre cristallise sur des fils ; or, ceux-ci ne se dissolvent pas dans le cidre, et si un membre du Jury venait, en dégustant, à le trouver, il comprendrait de suite la ficelle ; et il est complètement inutile, quoiqu'il ne l'ignore pas, de la lui montrer d'une manière aussi apparente.

Vos cruchons de grès ou vos bouteilles à champagne remplis, pas comble, bien entendu, on laisse toujours un petit espace libre, vous les bouchez her-

métiquement et leur faites la même ligature en croix,
ficelle et fil de fer, que pour le champagne.

Il ne faut pas, remarquez bien, que le cidre soit
en trop grande fermentation, car l'adjonction que
vous lui faites de sucre candi va encore l'augmenter,
il faut attendre que le plus grand feu soit jeté ; malgré cette précaution, j'avais toujours l'habitude de
laisser mes cruchons debout pendant trois ou quatre
jours et ne les couchais qu'au bout de ce laps de
temps.

Il faut que l'endroit où vous les déposez soit frais,
mais non humide, car vous avez toujours à craindre
le goût de moisi surtout pour les cruchons qui peuvent être parfois un peu poreux.

Répondre de la casse est impossible, il y a des
années pour cela. J'ai vu n'en perdre qu'une vingtaine sur plusieurs centaines de cruchons et, la sai-
son suivante, essuyer une véritable canonnade.
Quoi qu'il en soit, ceux qui résistent à la pression
récompensent amplement de la perte causée par ceux
qui n'ont pu y résister.

La question d'enjolivement est bien entendu laissée
à la volonté de chaque exposant ; on peut même s'en
passer et envoyer sans aucun ornement les bouteilles
que l'on destine au concours. Cependant, je dois
l'avouer, un chapeau argenté et une étiquette pom-
peuse ne nuisent pas. Que voulez-vous, nous sommes dans un siècle où tout tend à briller, les hommes

sé disputent bien croix et rubans pour parer leurs
personnalités, ne refusez donc pas aux produits que
vous exposez les mêmes faveurs ; enjolivez vos bouteilles, ce sera plus décoratif ; vous me direz peut-
être que le modeste cruchon bat souvent le flacon
bien enluminé ; c'est vrai, mais malgré tout, suivez
mon conseil, enguirlandez votre cidre, la faiblesse
humaine le demande et le commerce, pour ses achats,
vous en sera reconnaissant.

Je termine ici le chapitre concernant les cidres de
concours, c'est à dire ceux qui constituent le *nec plus
ultra* de la fabrication normande. Peut-être m'accu-
sera-t-on d'avoir eu la langue trop longue, mon
Dieu, je ne vois pas bien l'opportunité de ce repro-
che ; je l'ai employé pendant vingt ans, soit, mais
chacun peut en faire autant. Croyez bien une chose,
cher lecteur, et c'est là qu'est la pierre fondamentale
de l'édifice : vous n'aurez jamais de prix dans un
concours si vous ne possédez pas un bon pommage.
Vous aurez beau prendre toutes les précautions vou-
lues, l'alcooliser, le sucrer, tout ce que vous voudrez,
seuls les grands crus vous procureront faveurs et
récompenses.

C'est qu'ici l'égalité fait totalement défaut, le
grand cidre sera toujours bon, les petits crus ne
vous donneront que de la piquette, cela a toujours été,
et, sans que les égalitaires modernes puissent y apporter remède, il en sera toujours ainsi. C'est que la

valeur de la terre et celle des récoltes qu'elle produit n'est pas le fait de l'homme ; il faut regarder plus haut pour en trouver l'auteur et nous, faibles mortels, tout en cherchant à améliorer le lot qui nous est départi, nous ne pouvons que nous courber devant une volonté qui réduit la nôtre à néant.

Je maintiens donc ce que j'ai écrit sur la préparation des cidres de concours ; car, en appliquant aux grands crus le procédé indiqué, on obtient un cidre d'une force abracadabrante, rien ne résiste alors à son fumet et l'on constitue ainsi une boisson sans rivale.

Abandonnons maintenant l'aristocratique fabrication des cidres de concours et disons quelques mots de celle des ménages.

Cidre mousseux ordinaire

Pour celui-là le raffinement est inconnu, l'eau-de-vie et le sucre candi inutiles ; c'est le cidre mousseux sans prétention, à la bonne franquette. Telles sont venues les pommes, telles elles ont été écrasées et pressurées, tel vous faites mousser le cidre en l'introduisant encore doux dans vos bouteilles, voilà tout le mystère de l'opération.

Mais j'entends déjà une mauvaise langue qui me dit à l'oreille : Mon cher lauréat, il y a de ces cidres qui valent bien ceux de concours.

Ma foi, mon cher ami, vous pourriez bien avoir raison. Il n'est pas rare en effet que les apparences soient trompeuses et ce qui paraît de loin devoir être une gentille petite rose n'est souvent en approchant qu'un vulgaire églantier ; de même une bouteille dorée de tous côtés peut fort bien ne renfermer parfois qu'une bien piètre boisson. Orgueil humain, cher monsieur, je le répète, les apparences sont souvent trompeuses et l'adage est bien vrai qui dit : Tout ce qui brille n'est pas or.

Il y a un fait incontestable, c'est que le cidre mousseux fait, sans aucun apprêt, avec un bon cru est loin d'être désagréable ; il est moins *glorieux* que l'autre, mais son humilité même est une qualité, car il casse beaucoup moins la tête.

Vous prenez pour le faire, le meilleur cidre que vous avez et le plus clarifié possible et vous le mettez simplement en bouteille.

Celles-ci doivent bien entendu n'avoir aucune odeur ; car, je le répète, le cidre est intraitable sur ce point.

Dire la grandeur que doivent avoir cruchons ou bouteilles, je ne le puis ; cela dépend du goût de la personne qui opère, cependant je ne conseillerai pas les trop grandes. Je me servais toujours de cruchons d'un pot (deux litres) et un litre, voici pourquoi ; c'est que toute bouteille entamée doit être vidée ; de plus, à part le plaisir de la dégustation, le bouchon

qui saute et l'inondation qui souvent en résulte ne
sont pas sans attrait, surtout si vous n'êtes pas en
habit de cérémonie; aussi si vous êtes beaucoup de
monde, rien ne vous empêche d'en déboucher plusieurs et ledit attrait en sera augmenté.

Donc, pour la fermentation du cidre mousseux de
ménage, vous opérez ainsi. Aussitôt votre cidre clair
et encore doux, vous remplissez comble vos bouteilles. Cela fait, comme il est inutile de tout casser, de celles d'un pot vous retirez à peu près la
valeur d'un verre à boire ordinaire et vous bouchez
hermétiquement. Le vide que laisse le verre retiré
permet au gaz produit par la fermentation de se
condenser à la surface du liquide; il va de soi, que
sur une bouteille d'un litre vous en retirez seulement
un demi-verre. Il faut que vos bouchons soient assez
gros pour qu'ils n'entrent pas entièrement dans le
goulot de la bouteille, mais qu'ils en ressortent d'une
certaine longueur; cela pour permettre, par une
légère oscillation, la sortie de ceux-ci sans avoir la
honte de recourir, s'il y a eu quelque fuite, à l'emploi d'un tire-bouchon. Je ne connais pas en effet
quelque chose de plus vexant que, quand servant à
votre table une boisson mousseuse, champagne ou
cidre, et souriant des dames qui, dans l'attente d'un
coup prévu se bouchent les oreilles, le domestique,
chargé du service, va gravement chercher un tire-
bouchon pour aider à l'opération qui, faute de gaz,

présenté une difficulté insurmontable. On met alors volontiers sa cave à sac pour réparer l'injure que le liquide avarié a fait à la réputation de son maître.

Cette réflexion, un peu personnelle, étant dite, revenons-en à nos bouteilles qui sont actuellement bouchées. Avec de la ficelle, inutile de mettre du fil de fer, vous liez les bouchons en croix au rebord du goulot ; si la fermentation n'était plus très active, couchez vos cruchons sur le côté.

Ne le faites pas par terre, j'en ai vu l'expérience, à moins que vous ne les enfonciez dans du sable bien sec, mais alors gare la casse!... Placez-les plutôt sur des planches, à petite distance du sol et en lieu frais.

Lorsque vous débouchez des bouteilles de cidre mousseux, il faut de la vivacité, et encore vous êtes souvent pris. A peine le bouchon, débarrassé de ses entraves, a-t-il volé au plafond, que le liquide s'empresse de suivre un aussi bel exemple, de sorte que, si vous n'opposez pas vivement votre main sur le goulot, il n'en reste pas une goutte dans la bouteille, ce qui produit des arrosements d'un nouveau genre qui sont parfois désagréables. Je conseillerai donc, quand le cidre est nouveau et dans tout son feu, de recourir à l'emploi d'un siphon ; cela évite l'aspersion de la table et des convives qui l'entourent. Ce baptême mousseux fait rire, je le veux bien, mais il a l'inconvénient de tacher, ce qu'il faut éviter.

3**

Je me souviens qu'il y a quelque cinq ans, à l'occasion d'un baptême de cloches, le même fait se produisit chez votre serviteur, au grand dîner qui clôtu-
rait la cérémonie. Grâce aux précautions prises par
les domestiques, l'évêque et les notabilités présentes
au banquet furent épargnées ; mais la chaleur cani-
culaire qui régnait au mois de juin fit, plus loin de
nous, voler au plafond les bouchons imprudemment
laissés à eux-mêmes, et l'inondation mousseuse qui
se produisit ne fit nullement plaisir aux toilettes de
cérémonie de ceux qui en reçurent les atteintes.

Aussitôt vos bouteilles vides, vous devez les laver
pour que le cidre adhérent aux parois n'aigrisse pas ;
et, lorsqu'elles sont bien propres, les placer dans un
endroit sec, afin qu'elles ne prennent pas ce goût de
mûcre ou de moisi qui est détestable.

Je termine ici ma causerie sur les cidres mousseux ; je ne sais, cher lecteur, ce que vous en penserez,
mais si j'avais cependant un conseil à vous donner, je
vous dirais : Essayez d'en fabriquer quelques bouteilles, vous en serez certainement satisfait et vous
pourrez peut-être plus tard me remercier de m'être
permis de babiller ainsi avec vous.

Cidre en bouteilles

Outre le cidre mousseux, une bonne précaution
consiste à mettre en bouteilles celui qui est en petits

fûts. Je ne parle pas ici bien entendu pour nos
grandes fermes normandes, des milliers de bouteilles
ne pourraient jamais suffire ; mais j'entends désigner
ici la consommation toujours peu importante des
ménages bourgeois de nos villes et bourgades. Le
cidre une fois en bouteille se conserve on ne peut
mieux, chose qui lui serait impossible en petits
fûts.

Comment opérer me direz-vous? C'est élémentaire.
Votre cidre une fois clarifié, si vous l'aimez un peu
doux, une fois la plus forte fermentation terminée,
vous le soutirez, bouchez vos bouteilles et laissez
celles-ci debout crainte d'accident pour vos bouchons. Si vous êtes amateur et que vous aimiez le
cidre bien *paré*, soutirez quand toute fermentation
aura cessé, bouchez, et couchez vos bouteilles comme
pour le vin. En procédant ainsi vous pourrez être
sans crainte, votre cidre n'aigrira pas et sera toujours très agréable à boire. Mais, je le répète, ne le
mettez pas trouble en bouteilles, attendez qu'il soit
clarifié, car la lie que vous auriez dans vos cruchons
aurait deux graves inconvénients : celui d'être désagréable à la vue et au goût et de détériorer à
la longue votre boisson ; la patience est une belle
chose et l'on gagne toujours à savoir pratiquer cette
vertu.

Eau-de-vie de cidre

La loi des bouilleurs de cru confère à chaque propriétaire ou cultivateur le droit de distiller son cidre pour le tranformer en eau-de-vie. Mais ces dernières années, le 30 octobre 1888, un projet de loi sur la réforme des boissons a été déposé à la Chambres des députés. Il voulait concéder à chaque famille un maximum de 10 litres d'eau-de-vie par an pour la consommation générale ; il faudrait alors que chaque année le fermier fasse bouillir cette quantité autorisée et la boive, pour ainsi dire sortant de la chaudière. Eh bien ! je vous certifie que cela n'est pas bon et que l'eau-de-vie *toute chaude,* comme on l'appelle vulgairement, est totalement désagréable, cela gratte et brûle et n'a aucun parfum.

On a prétendu et on le proclame encore de tous côtés que le droit des bouilleurs de cru est un privilège ; pour moi, cette expression est totalement fausse, car cette franchise, reconnue et sanctionnée par la loi fondamentale du 28 avril 1816, n'est pas un privilège, mais un *droit ;* car, entre un fait de production et un fait de consommation, il ne peut s'interposer ni interdiction ni taxation.

S'il me plaît de changer mon cidre ou mon poiré en eau-de-vie, je dois en être libre ; du moment, bien entendu, que c'est pour ma propre consommation et non dans un but commercial.

Je sais bien que le grand motif mis en avant pour la suppression de ce droit est la fraude. Ici, permettez-moi de le dire, je me récuse, c'est l'affaire du Gouvernement; il a des agents, qu'il s'en serve; qu'il réprime sévèrement les contraventions, c'est son droit et son devoir; mais il ne faut pas que l'on rende responsables de celles-ci ceux qui ne font aucun commerce du produit de leur distillation.

Si je me suis laissé aller à écrire ce qui précède, c'est que cette question a été depuis quelques années à l'ordre du jour. Je sais que sur elle il y a beaucoup de controverses, que beaucoup se plaignent d'intérêts lésés; il n'en est pas moins vrai qu'à mon avis la justice devra toujours être du côté du producteur, lui laissant, pour sa consommation personnelle, le libre usage de ses récoltes, c'est-à-dire de ce qui lui appartient; ceci est un droit fondamental et je serais toujours contre ceux qui voudraient y porter atteinte.

Comme peu de personnes possèdent un alambic, lorsque vous désirez tranformer votre cidre en eau-de-vie, vous faites venir un *bouilleur,* c'est le terme ordinaire dans nos campagnes, ce nom est moins relevé que celui de *distillateur,* mais le résultat de l'opération sera identique.

Le bouilleur se loue en Normandie au tonneau ou

3***

à la *chaudrée,* mais comme les prix diffèrent suivant les pays et la capacité de la chaudière, inutile de les signaler ici. Arrivé dans une ferme, il fait son installation et c'est généralement le propriétaire du cidre qui fournit le bois et les repas.

Chacun connaît le principe de la distillation :

L'alambic est, comme je l'ai dit plus haut, le gagne-pain du bouilleur de cru, il se compose de trois pièces principales : la *chaudière*, le *chapiteau* et le *réfrigérant.*

La chaudière, en cuivre, a généralement une contenance de 400 à 450 litres, elle est surmontée du chapiteau, ou couvercle de la chaudière, auquel on adapte un gros tuyau, également de cuivre, appelé *bec du chapiteau* qui va se joindre au *serpentin* qui se trouve dans le réfrigérant lequel n'est en résumé qu'une grande cuve de bois, que l'on remplit constamment d'eau froide, dans laquelle s'enroule, comme je viens de le dire, le serpentin qui termine l'appareil.

La chaudière garnie, c'est-à-dire au trois quarts et demi pleine de cidre, vous commencez à chauffer vigoureusement pour amener la masse à ébullition. Ce résultat obtenu, vous devez modérer votre feu afin que seules les vapeurs alcooliques se dégagent ; elles arrivent alors dans le serpentin où, grâce à l'eau froide constamment entretenue, elles se condensent et sont recueillies dans un broc en bois à la sortie de l'appareil. On reconnaît que l'opération est terminée quand, en goûtant le liquide qui s'en échappe, il ne contient plus aucun saveur alcoolique. Le résultat de cette première opération s'appelle *Eau blanche*, et c'est en la rectifiant par une seconde distillation que l'on obtiendra l'eau-de-vie.

On vide alors l'appareil, et on en nettoie fortement les cuivres. Ce point est essentiel, sans quoi votre eau-de-vie aurait *goût de chaudière* ce qui est détestable. Je sais bien que la grande majorité des bouilleurs sont propres, mais enfin il peut parfois, j'en ai été témoin, se commettre quelques négligences, et le propriétaire doit alors veiller avec la plus grande attention à l'observation de ce point essentiel.

Vous continuez ainsi votre fabrication d'eau blanche que vous mettez au fur et à mesure dans un grand fût jusqu'à complet épuisement du cidre que vous voulez distiller.

J'ai vu, il y a quelques années, quand une bonne récolte de pommes nécessitait de vider tous les tonneaux, les bouilleurs de cru, demandés de tous côtés et ne sachant où donner de la tête, opérer la nuit. Cette pratique est détestable, et si à la rigueur vous la tolérez pour la fabrication de l'eau blanche, vous ne devez jamais l'admettre pour la *rectification*, c'est-à-dire pour celle de l'eau-de-vie. L'homme, comme tout être créé, a besoin de repos, d'autant

plus que les vapeurs alcooliques-portent au sommeil ;
si celui-ci empoigne votre bouilleur et qu'il soit seul,
adieu la fabrication ; le broc se remplit, et, comme le
liquide continue à couler, au lieu de remplir les
fûts, il arrose la terre et vous en êtes pour votre
cidre et vos frais. Si vous ne pouvez faire autrement
que de bouillir la nuit, ne laissez jamais seul l'opéra-
teur, c'est le meilleur conseil que je puisse vous
donner ; au moins, s'il s'endort, vous êtes là pour
veiller et vous empêchez ainsi la perte qui fatalement
se produirait.

Lorsque vous rectifiez l'eau blanche, en procédant
de la même manière que pour distiller le cidre, je
conseillerai à toutes les personnes qui font bouillir
de mettre dans la chaudière quelques litres de blé
enveloppés dans un linge et d'y ajouter également
quelques branches de cassis (pas de fruit bien entendu), le produit obtenu sera plus doux et plus
agréable à déguster. Ce procédé m'avait été indiqué,
il y a une quinzaine d'années, par un vieux bouilleur
qui venait opérer chez moi ; je n'ai jamais cessé de
suivre son conseil et je m'en suis toujours bien trouvé.
Le blé adoucit l'eau-de-vie et les branches de cassis
lui communiquent un léger goût de bois fort agréable.

Le blé n'est d'ailleurs pas perdu pour cela, don-
nez-le aux volailles de basse-cour ; toutes n'en voudront pas, c'est possible, mais quelques-unes avale-
ront ce picotin d'un nouveau genre, et vous pourrez

juger à leur air triomphant, chez les coqs surtout, que leur valeur s'est considérablement accrue et que l'alcool produit sur tous les êtres créés des effets identiques.

– Une dernière observation, que tout distillateur connaît : Lorsque l'on rectifie l'eau blanche, il faut modérer considérablement le feu; car les vapeurs alcooliques très nombreuses, si le feu était trop actif, pourraient entraîner avec elles l'eau blanche même qui les dégage et ce serait une opération à recommencer.

L'eau-de-vie qui sort la première, marque généralement 30° au pèse-liqueur, elle est, bien entendu, inbuvable. On la met dans les fûts et on y ajoute successivement les brocs qui suivent. L'eau-de-vie courante, celle qui doit servir sous peu à la consommation, je conseillerai de la titrer à 22°; quant à celle qui doit séjourner longtemps en fût et qui est destinée à vieillir, 24 est le degré habituel.

L'eau-de-vie de cidre, appelée communément *Calvados*, n'est véritablement bonne que lorsqu'elle a de l'âge ; jeune, elle est toujours un peu brutale. Je me souviens d'en avoir bu il y a deux ans, dans un concours, de 1861, je vous certifie qu'elle était excellente, le fâcheux c'est qu'on n'en rencontre pas souvent, car les *sous de café* de Normandie mettent généralement à sec les petits barils avant que leur contenu soit devenu bon.

Plusieurs bouilleurs ont l'habitude de colorer de suite leur eau-de-vie de cidre avec du caramel ; je déteste ce procédé, et la seule couleur que je veux voir au Calvados est celle qu'il aura acquise dans le fût, et c'est la vraie ; l'autre n'est qu'un trompe-l'œil qui vous fait involontairement faire une grimace significative quand croyant déguster, dans le petit verre qui vous est offert, une agréable liqueur, vous vous apercevez que vous ne buvez, par politesse, que du tord-boyau.

Vous ne devez jamais mettre votre eau-de-vie en bouteilles, elle ne s'y *cuit* pas ; le fût seul, par suite de l'évaporation qui se produit et du contact avec le bois, fait les eaux-de-vie vraiment bonnes.

Un tonneau de grand cidre donne facilement de 110 à 130 litres d'eau-de-vie et quelquefois plus, je parle bien entendu du cidre pur, car si ce n'est que de la boisson, comme l'eau n'a pas la propriété de se changer en alcool, vous n'avez qu'un rendement proportionné à la force de votre petit cidre.

Disons en terminant le chapitre du *Calvados* que cette eau-de-vie, même très vieille, ne vaut pas, cela est incontestable, les fines champagnes de grandes marques, mais il est également certain qu'elle est infiniment préférable, même jeune, je le répète, à tous les prétendus cognacs du commerce dont on empoisonne agréablement la génération actuelle.

Sirop et gelée

Ce nom de *sirop* va certainement induire en erreur et vous allez croire que l'on désigne ainsi une liqueur sucrée préparée avec le jus de la pomme. Détrompez-vous, on appelle sirop en Normandie une confiture compacte que l'on obtient par une très longue cuisson du cidre doux.

Si le vieux *Calvados* fait la joie des Normands, et même parfois un peu des Normandes, honni soit qui mal y pense et n'allez pas, comme le dit la devise anglaise, supposer ce qui n'existe pas. Je dis donc que si le vieux Calvados fouette le sang des adultes et réchauffe les membres engourdis des vieux parents, le sirop, lui, fait la joie de la jeunesse de la verte Erin française qui lui rend, en le savourant en tartine, un juste et mérité hommage.

La fabrication du sirop fournit l'occasion d'une fête de famille; car, durant au moins vingt-quatre heures, elle nécessite une veillée entière.

Aux premières lueurs du jour, la ménagère commence la fabrication en mettant à bouillir sur le feu un immense chaudron de cuivre plein de cidre doux (comme remarque, je dois dire qu'il ne faut jamais se servir de cidre fermenté). Au fur et à mesure que la masse diminue, elle la remplit avec le contenu d'un second chaudron qui sert à élever le cidre à l'ébullition. La liqueur, en bouillant tout le jour, se concentre peu à peu, la nuit arrive et alors, parents, amis, voisins, font leur entrée et la veillée commence.

C'est alors l'occasion de goûter les cidres nouveaux, de chanter les vieux Noëls des ancêtres et de faire sortir les cartes et dominos, jeux privilégiés de la basse Normandie. C'est donc au bruit de ce concert rustique que l'opération continue, de grandes jattes de pommes sont alors épluchées et lorsque la fermière, juge suprême en cette fabrication, croit le moment venu, elle verse les fruits dans la masse concentrée qui est en ébullition.

Il ne faut plus alors abandonner le chaudron car la confiture va vite s'épaissir. Armés d'une grande mouvette en bois, servantes et vieux parents remuent sans cesse à tour de rôle la masse qui brûlerait faute de cette précaution ; et, le matin venu, tous peuvent alors goûter de ce sirop qui a demandé tant de soins et qui forme maintenant une belle confiture noirâtre dont la conservation est assurée, par cette longue cuisson, pour des années.

Il ne faut pas, lecteur qui m'écoutez, regarder d'un air dédaigneux ce produit campagnard ; il a certes bien sa valeur et je vous certifie que, étendu sur une gentille galette de sarrasin, cela n'est pas mauvais du tout.

Je vous entends déjà me dire : Normand que vous

êtes, vous pouvez bien garder pour vous vos galettes et vos confitures, nous avons mieux que cela.

Mieux, peut-être, mais beaucoup mieux !... cela n'est pas certain.

Avez-vous jamais, aimable contradicteur, savouré de la vraie galette de sarrasin dont on s'est parfois moqué? Non, n'est-ce pas ; et bien, sachez-le, c'est de là que provient votre incrédulité. Rendez-vous donc par exemple le soir de la Toussaint dans une ferme normande, quand la veillée des morts sonne jusqu'à dix heures, à toute volée ; demandez à la ménagère de vous admettre à la table de famille, cela vous sera accordé de grand cœur ; et là, goûtez à ces galettes épaisses comme une feuille de papier, savamment préparées avec du lait doux et des blancs d'œufs battus en neige ; étendez sur la surface une légère couche de sirop, roulez le tout et goûtez ; et alors, et c'est bien possible, vous me ferez le lendemain cette judicieuse observation, conséquence de votre gourmandise, que pour honorer les morts un soir de la Toussaint, il n'est pas nécessaire d'étouffer les vivants !

Quant à la *gelée de pommes*, c'est votre affaire, belles dames de nos cités ; cette préparation est au sirop ce que l'aristocrate est au démocrate, deux mots qui grattent beaucoup plus que les confitures ; ce que les petits estomacs délicats sont aux plantureuses poitrines normandes ; c'est en un

4

mot la raffinée mais aussi la moins durable des deux.

Pour ce qui est de la recette, vous avez, mesdames, votre livre de cuisine et il doit vous indiquer qu'avec le jus des pommes cuites et du sucre vous obtenez l'objet de vos désirs... culinaires ; c'est du moins la conviction de votre rural serviteur.

Commerce du cidre

Le commerce du cidre se fait en Basse-Normandie par grands fûts de 650 à 700 pots ; il peut être, suivant la volonté de l'acheteur, gros ou mouillé, c'est-à-dire pur ou contenant plus ou moins d'eau ; c'est alors un prix à débattre entre les deux parties.

Lorsqu'il s'agit d'une expédition lointaine, surtout pour un grand centre où naturellement il y a des frais d'octroi à payer, l'acheteur doit toujours demander du cidre pur, car il est inutile de solder pour son acquisition des droits pour l'eau.

Il faut encore que je présente ici une observation de première importance. Vous ne devez jamais, sur du cidre *paré,* c'est-à-dire dont la fermentation est totalement terminée, *monter dessus ;* l'expression n'est pas très élégante, veuillez l'excuser, je vous la donne parce qu'elle est technique ; autrement dit, pour parler français, il ne faut jamais ajouter de l'eau dans l'intérieur du fût, autrement vous détériorez toute la masse. Si le cidre vous semble trop fort, baptisez-le en le buvant mais jamais, je le répète encore une fois, dans l'intérieur du tonneau.

Cette observation est d'une telle importance que je n'ai jamais cessé de recommander aux personnes qui désirent se procurer du cidre de le faire dans le moment même de la fabrication. Peu de temps après avoir été extrait des marcs, alors qu'il est clair, complètement doux et que la plus grande fermentation est achevée, voilà le moment de l'acheter.

Aussitôt reçu, si vous avez la tête solide et que vous désiriez le boire tel, vous n'avez qu'à soutirer quelques bouteilles pour éviter le défoncement de la barrique et la fermentation s'achèvera naturellement. Si vous le voulez plus faible, débondez la barrique, retirez la quantité de pur que vous jugerez convenable et remplissez d'eau le vide formé; le tout fermentera ensemble et le mélange sera excellent.

Autre remarque : beaucoup de personnes, tout en désirant se procurer du cidre, sont souvent effrayées, ce qui se comprend aisément, de la perspective d'un grand fût, car, outre le prix qui est nécessairement assez élevé, où le loger surtout dans les grandes villes où l'emplacement fait généralement défaut ? Il est facile de résoudre la question soit que le producteur expédie lui-même des barriques, soit que, comme souvent la chose m'arrivait, l'acheteur envoie lui-même les siennes. Dans ce dernier cas il doit autant que possible bien nettoyer ses fûts et s'il peut s'en procurer expédier des barriques à huile d'olive ou à eau-de-vie, ce sont les meilleures ; les tonneaux neufs ont, eux, l'inconvénient de *détanner*, surtout s'ils sont faits avec du jeune chêne, et alors le cidre que l'on verse dans l'intérieur est sujet à noircir, chose tout à fait désagréable. Et à ce propos, je vous ferai cette observation de noirceur, qu'il ne faut pas confondre la noirceur qui est produite par un cidre que l'on a laissé exposé à l'air avec celle d'un tonneau qui détanne ; la première est détestable parce que le cidre ayant perdu son fumet est devenu plat, la seconde n'est que désagréable à l'œil car la boisson a néanmoins conservé toute sa force ; c'est pourquoi lorsque, par suite d'un tonneau neuf, nous trouvons dans nos caves un cidre qui a une tendance à noircir, nous nous empressons simplement de le faire bouillir et l'eau-de-vie produite est toute aussi bonne et agréable que celle des autres fûts.

Puisque nous en sommes à parler du commerce du cidre, veuillez me permettre de vous soumettre le rêve que j'avais toujours formé et qui n'a pu jusqu'ici être réalisé. Je veux parler de la véritable fabrication des cidres dans la capitale.

Je ne connais pas de ville de France où le cidre soit aussi exécrable qu'à Paris; cela se comprend d'ailleurs, les droits d'entrée sont considérables, les transports assez onéreux; aussi la fraude, et j'entends par ce mot la fabrication de fruits secs, est-elle, dans ce grand centre, à son apogée. Entrez dans un restaurant ou un hôtel quelconque et demandez une bouteille de cette boisson, on vous apportera pour 0 fr. 60 une sorte de piquette douceâtre, fortement alcoolisée qui, tout en vous empâtant la bouche, vous montera à la tête, par suite de sa sophistication; et, si tout étonné, vous regardez de travers le garçon qui vous a servi et qui béatement vous contemple comme une bête curieuse, vous êtes pris d'une violente tentation d'empoigner le drôle et de le camper la tête la première dans le tonneau qui a fourni la bouteille qu'il vient de vous servir.

Outré de cette outrecuidance et persuadé que ce serait rendre grand service à la classe laborieuse que de lui fournir une boisson saine et bon marché, j'avais fait depuis quelques années de nombreuses démarches dans le but de créer, dans Paris même, un grand établissement pomologique, qui recevrait directement les pommes des pays de production. Ces fruits arrivés seraient brassés au fur et à mesure de leur maturité et la Grande Ville pourrait au moins alors boire du vrai cidre comme on le fait dans nos fermes normandes.

A ce projet je trouvais de grands avantages :

1° Créer un large débouché aux producteurs;

2° Droits d'entrée moins élevés;

3° Meilleure qualité dans le cidre, celui-ci n'ayant pas à supporter un long voyage;

4° Possibilité de fabriquer le petit cidre.

Les deux premiers points sont indiscutables et leur avantage saute aux yeux de tous; car le producteur, certain de trouver un prix rémunérateur de ses fruits, cultiverait le pommier avec une nouvelle ardeur. Quant au second, chacun sait qu'une boisson fermentée paie toujours un droit plus élevé que la matière première qui sert à la fabriquer. Or, comme il n'y a dans les octrois aucune différence de qualité et que le bon cidre de même que les grands vins paient les mêmes droits d'entrée que les mauvais, on conclut de suite que le quatrième point est important, puisqu'il permettrait de livrer, à très bon compte, le petit cidre mouillé qui constituerait une boisson saine, agréable et à bas prix.

Pour ce qui est de la meilleure qualité dans le cidre, le fait est également indiscutable; moins le cidre est *chipoté*, autrement dit moins il voyage, meilleur il est; il n'est pas comme les grands crus du Bordelais, il n'a pas besoin pour être bon de faire le voyage des Indes, car, après un pareil trajet, il serait certainement exécrable.

On dit habituellement que quand le diable devint vieux il se fit ermite; le projet que je soumettais, sans être le roi des Enfers, fut comme lui, quoique tout jeune, obligé de rentrer dans l'ombre et n'eut

jamais de suite. Pourquoi, me direz-vous? Parce
que nous ne sommes pas, en France, il faut bien en
convenir, faciles à tirer de la routine. En Angleterre, en Amérique, il eût trouvé de suite une société puissante pour le mettre à exécution; dans
notre belle patrie on s'est contenté d'en constater
l'évidence et puis... c'est tout.

Puissent ces simples réflexions, sur un projet véritablement philanthropique, trouver meilleur accueil
que les démarches tentées par leur auteur; je le
souhaite vivement dans l'intérêt du producteur et pour
la santé et la bourse des consommateurs parisiens.

Epilogue

Terminons ici ce petit travail sur le pommier et
la fabrication du cidre, en voilà assez de dit. Ai-je
su le faire aimer? je n'en sais rien, mais je lui ai
rendu hommage et c'est justice; car il est certain que
le cidre ordinaire est la reine des boissons quand on
est altéré et que, ma foi....., faut-il le dire? pourquoi pas? celui en bouteilles n'est pas à dédaigner,
même quand on n'a pas soif.

Je souhaite à certains auteurs et envieux qui se
moquent du degré alcoolique du cidre, qui atteint
parfois, comme je l'ai dit plus haut, de 120 à 130 litres d'eau-de-vie au tonneau, de se rendre dans une
ferme de nos pays d'herbages. On leur en offrira du

vrai, pas de la composition ; et quand, entraînés par
l'exemple, de pots en pots (2 litres), ils en boiront
le leur ; ils me diront alors, peut-être pas le jour
même, que le cidre pur a bien son mérite et que s'il
donne des bras, il martèle la tête et sait casser les
jambes !

Apothéose

Je me souviens qu'il y a trois ans, voyageant dans
le nord de mon département (la Manche), je m'arrê-
tai devant un plant de magnifiques pommiers tout en
fleurs. C'était au mois de mai, et l'on se fût cru en
hiver à les regarder. Passe un brave cultivateur de
mes amis qui me dit avec un véritable enthousiasme : « Monsieur, ne serait-ce pas à s'agenouiller
devant de si beaux arbres ! »

Eh bien ! je le comprends cet enthousiasme et suis,
je l'avoue franchement, le premier à le partager.

Il n'est rien en effet pour moi d'aussi beau que
ces immenses plaines de verdure qui, Mai venu, se
constellent de taches blanches comme seraient des
étoiles sur un firmament toujours vert ; et je comprends le poète qui n'a jamais assez d'accents à sa
lyre pour chanter cet arbre magnifique dont les fleurs
blanches et rosées font ressortir l'émeraude de la
prairie. Ajoutez à ce féerique tableau la voix majes-
tueuse de la grande mer qui vient, de son hymne

éternel, battre ces coteaux enchanteurs et, je le certifie, il n'est point de créature qu'un pareil tableau laisse indifférent, car il fait vibrer au fond du cœur humain un sentiment indéfinissable, fait d'admiration pour cette magnifique nature et de respect inné pour l'Auteur de tant de merveilles.

Aussi vient-on à découvrir au loin, au milieu de ces sites enchanteurs, les rustiques bâtiments d'une ferme, qu'involontairement l'on se dit : Qu'il doit faire bon ici, loin du monde, de ses ennuis et de ses faussetés, couché sur cette herbe verdoyante, embaumé par les senteurs balsamiques de ces beaux pommiers et mollement bercé par le bruit grandiose de la vague qui déferle le long du rivage.

Et si, encore tout pénétré de la poétique vision, vous franchissez le seuil hospitalier, c'est avec joie que vous saluez le maître de céans, cette digne matrone normande, qui au beurre des grandes marques et au pain bis de la ferme va bientôt ajouter sur la table le mousseux cruchon des grands jours. Aussi, est-ce avec une sorte d'ivresse que, trempant vos lèvres dans le pétillant liquide, vous portez un toast sincère à cette ravissante contrée et à l'aimable hôtesse qui, par sa gracieuse hospitalité, sait en doubler la valeur.

Soyez certain que les habitants de ce pays chéri des dieux ne songent pas à émigrer, leurs larges poitrines seraient trop à l'étroit dans les murs res-

serrés de nos cités et le bruit de nos villes ne leur
ferait jamais oublier le poétique et majestueux chant
de la mer.

La mer et la prairie perpétuelle constellée de pommiers sont en effet d'un attrait irrésistible; à peine
les a-t-on quittés qu'on voudrait les revoir, à peine
en est-on parti qu'on voudrait y revenir encore.

Aussi, je la comprends cette prière du vieux marin
que les ans accumulés sur sa tête forcent maintenant à
l'inaction. Il a choisi pour sa retraite une petite mai-
sonnette, humble et modeste chaume, mais un gentil
verger l'entoure et la mer, sa passion, la caresse de
ses vagues. Aussi dit-il à Dieu : Seigneur vous savez
si je vous aime, maintes fois votre main puissante a
détourné ma barque des récifs de la côte, aujour-
d'hui vieux et cassé, grâce à vous néanmoins, je vis
encore heureux; car ma petite prairie suffit à ma
subsistance, mes pommiers me donnent le cidre
pétillant et la mer n'est pas loin. Conservez-moi
donc, Seigneur, le plus longtemps possible, dans ce
milieu enchanteur où votre bonté m'a fait naître et
faites que, lentement et sans souffrance, je double le
cap fatal de la vie humaine qui me permette de
chanter plus tard dans votre Paradis : la mer ma
patrie, la prairie mon bonheur et le cidre mes
amours!....

Au Lecteur

Il ne me reste plus maintenant qu'un devoir à remplir, il est de simple politesse, c'est celui de vous remercier d'avoir bien voulu, cher lecteur, parcourir les quelques pages de cette brochure.

En chantant le pommier et le cidre, je n'ai pas prétendu, croyez-le bien, faire acte de chauvinisme, mais rendre simplement hommage à un arbre et à une fabrication qui deviendront, on peut le dire à coup sûr, un des plus beaux fleurons de l'Agriculture française.

J'ai rempli ma tâche ; ai-je atteint le but que je m'étais proposé, celui de vous faire aimer le vin de nos treilles normandes ? je l'ignore ; mais j'ai cependant l'espoir que, l'indulgence aidant, vous accueillerez favorablement ce petit ouvrage, et ma récompense sera complète s'il a pu, en vous intéressant vous être agréable.

TABLE DES MATIÈRES

Le Mans. — Ed. Monnoyer, place des Jacobins, 12.

www.ingramcontent.com/pod-product-compliance
Lightning Source LLC
Chambersburg PA
CBHW060822250626
47162CB00005B/1912